たかが猫、されどネコ

群 ようこ

ハルキ文庫

角川春樹事務所

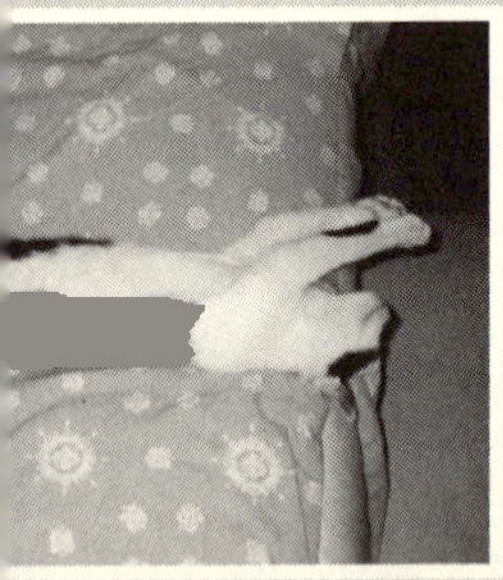

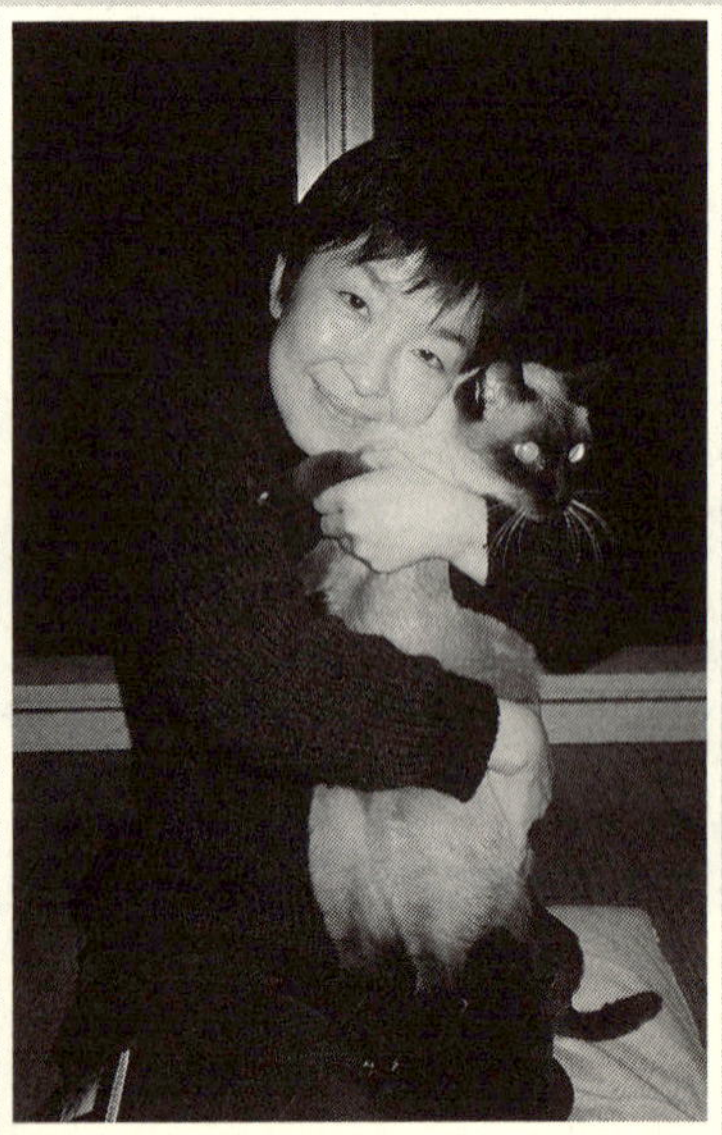

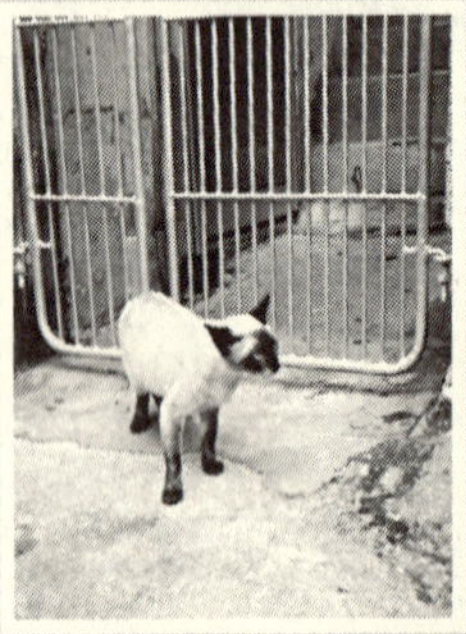

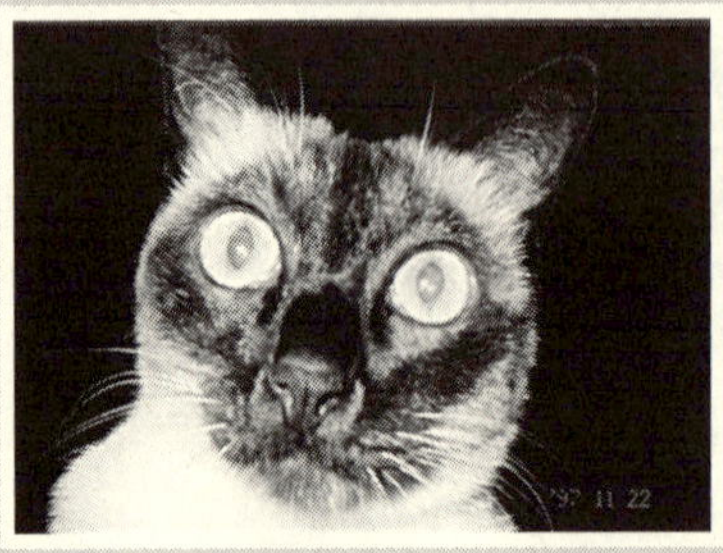

群ようこさん
と
猫たち

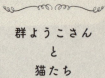

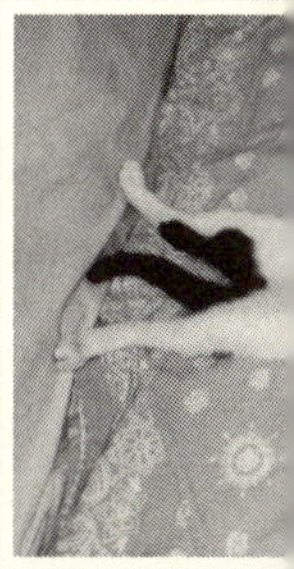

たかが猫、されどネコ◉目次

I

私と猫たちの生活

II

話の好きな猫

III

町の猫たち

IV

猫の人生

I

私と猫たちの生活

猫は教科書

好きなものは何かといわれて、真っ先に思い浮かぶのは猫である。それもペルシャ猫みたいな洋風の長毛種ではなく、横丁を走り回っているような、短毛の駄《だ》猫《びょう》がいちばん好きなのだ。私は、猫好きではなかった。何を考えているかわからないし、人間には尻尾《しっぽ》を振《ふ》らないし、何だかとってもずるい動物のような気がしていた。その点、犬はとてもわかりやすい動物で、どちらかというと、犬のほうがかわいいと思っていたのだ。しかしたまたま私の実家に、母猫が子猫を連れて居すわったのをきっかけとして、私と猫たちの生活が始まったのである。

普通、猫の家族を飼《か》うことはあまりない。複数の猫を飼っていても、捨て猫を次々に拾ってきたりして、猫同士が血縁《けつえん》というケースは少ないようだ。しかしうちの場合は、猫が親子でやってきたために、人間対猫の関係だけでなく、猫の親子対人間の親子という関係もできあがっていったのである。そんななかでいちばん気を遣《つか》っていたのは、母猫であった。トラと名づけたその母猫は、傍《はた》で見ていて涙《なみだ》がでるくらい健気《けなげ》で、子猫のしつけもきちんとやってくれた。子猫は餌《えさ》をやっても、皿の上からひきずりだして、床の上で食べようとする。いくら皿の下に新聞紙を敷《し》いてやっても、どういうわけだか床の上で食べたがるのだ。

「汚《よご》れるからだめ。お皿の上で食べなさい」

そういうと、トラはこちらを上目《うわめ》づかいで見ながら、

「ふにゃー」

と鳴いた。心なしか肩《かた》を落とし、

「どうもすみません」

といっているかのようなのである。しかし子猫はトラの気持ちなど理解しよう

とせず、相変《あいか》わらず餌を皿の上からひきずりだそうとする。するとトラが今まで聞いたことがない、ぐるぐるという鳴き声を出して、子猫につめよっていった。その声をきいたとたん、子猫は首をすくめて、しゅんとおとなしくなるのだが、またしばらくすると、そろそろと餌をひきずりだす。するとまたトラが叱《しか》る。それでもいうことをきかないときは、

「にゃん」

と鋭《するど》い声を出して、一喝《いっかつ》するのだ。それでもだめなら、最後の手段としてトラは子猫に手をだした。それは本当に、ぽかっと音がする強烈《きょうれつ》なパンチで、子猫の脳天《のうてん》に炸裂《さくれつ》した。猫とはいいながら、トラは体罰《たいばつ》を加えてまで、飼い主のいうことをきくようにしようとしたのである。そんなことをして、子供が憎《にく》いのかといったらそうではなく、食事のあとに、ふと猫たちのほうを見ると、トラが子猫を両前足でぎゅっと抱きしめて、体じゅうを舐《な》めてやっている。子猫は足をばたばたさせながら、ふにゃふにゃと鳴いていた。そしてそのうち子猫は、トラに抱っ

こされたような姿で寝てしまうのだった。

この姿を見た私の母は、トラはえらいわねえとため息をつき、あれだけきちんとしつけをする人間の親がどれだけいるだろうか、ともいっていた。うちの猫はペットという愛玩物《あいがんぶつ》ではなく、猫の世界を教えてくれる、生きた教科書だった。彼らの行動を見て、人間が見習わなければと、反省した部分も数多くある。今ではどの猫も亡《な》くなってしまったけれど、彼らの姿を忘れることはない。鮭《さけ》の切り身を焼きながら、

「これはトラたちの大好物だったなあ」

と感傷《かんしょう》にひたってしまうこともある。猫の賢《かしこ》い部分も間抜《まぬ》けた部分も、全部、いい思い出になっている。だけどトラが亡くなる前、私たちに最後の挨拶《あいさつ》にきた姿を思い出すと、どこにいようと涙がじわっと出てくるのが困りものなのだ。たまに猫がいればいいと思ったりするけれど、彼らと暮らしていると、仕事をする気など、絶対に失《う》せてしまうのがわかっているので、心を鬼《おに》にして近所の猫に愛

想をふりまくだけにとどめているのである。

魔《ま》法《ほう》をかける猫

猫好きの人と話をすると、必ずといっていいほど、

「以前は猫なんか嫌《きら》いだった」

という。私もどちらかというと、嫌いなほうだった。子供のころに小鳥を飼《か》っていたので、縁側《えんがわ》の鳥カゴを狙《ねら》ってやってくる猫は、憎《にく》き敵だった。足音もたてず、突然に襲《おそ》いかかって小さな鳥をくわえて逃げていく。猫の姿が庭の隅《すみ》にあると、追《お》い払《はら》ったことが何度もあった。猫はずる賢《がしこ》くて、どうしようもない動物だと思っていたのである。

ところが猫のほうは、もともと私たちが動物が好きだというのを見抜《みぬ》いていた

のか、夕食時になると、勝手口にきちんとお座《すわ》りして、餌《えさ》をもらいにくるようになった。母親が怒《おこ》って、

「このあいだ、チビをとっていったのは、あんたじゃないの。あんなことをする子には、御飯《ごはん》なんかあげない！」

と文句をいった。

「そうだ、そうだ」

みんなで知らんぷりをして御飯を食べていても、猫はじっとそのままの姿勢を崩《くず》さずに待っている。横目で様子をうかがうと、何となく、

「どうも、すいませんでした」

とあやまっているようにも見える。たらーっとした態度だったらば、

「意地でも御飯なんかやりたくない」

と思うのだが、まるで置き物のようにいつまでもきちんと座っていると、どうも具合が悪い。せっかく相手が反省しているのに、こちらが意地悪をしているよ

うな気になってくるのだ。

私たちは御飯を食べながら、頭のなかで勝手口に座っている猫の心理状態を、あれこれ探《さぐ》っていた。

「うちに来たら、怒られるのは決まっているのに、それなのにやってきた。よっぽどお腹《なか》がすいているのに違《ちが》いない。チビがとられたのは悔《くや》しいが、この猫がひもじい思いをしているのも……」

ちらりと猫のほうを見ると、きちんと座ったままだった。

（かわいそうだなあ）

そう思ったら最後、私たちは自分のおかずを少しずつ供出《きょうしゅつ》して、猫にやらざるをえなくなった。そして結局は、

「これから御飯をあげるから、鳥はとっちゃだめ」

という約束が、双方《そうほう》でなされたのである。

御飯を猫がおいしそうに食べてくれると、どういうわけだか憎しみは、だんだ

ん消えていった。

「自分がやったものを食べた」

というのは、とてもうれしいものなのだ。

「もしかしたら、猫っていい奴《やつ》なのかもしれない」

このようにして、私は猫好きへと変わっていったのだった。

先日、友だちと、犬と猫とどっちがえらいかという話になった。ふたりとも猫のほうが好きだから、犬には気の毒だが、やはり猫のほうが立派という結論に達した。犬嫌いだった人が急に犬好きになったという話はあまり聞かない。しかし、猫嫌いが猫好きになったという話は山ほどある。猫は犬のように尻尾《しっぽ》を振《ふ》らないし、愛想がよくない。目つきはきついし、爪《つめ》でひっかくし、鳴き声も不気味《ぶきみ》と猫嫌いの人はいう。

「何を考えているのか、わからない」

というのだ。

私も猫を飼う前は、同じことを考えていた。しかし飼ってみると、猫は想像以上にかわいらしい動物だった。飼い主には爪をたてることはないし、精一杯、愛想をふりまく。気ままだから、こちらが遊んでほしくても、「ふん」と無視されることもある。正直いって、「くそっ」と腹が立つことはあるけれど、それはそれで許せてしまうのだ。

猫を見慣《みな》れていると、犬は何だかとてもかわいそうになってくることがある。一所懸命《いっしょけんめい》に尻尾を振っているのを見ると、

「どうしてあんなに、人間にへいこらしなきゃならないんだろう」

と気の毒になる。たしかに泥棒《どろぼう》が来ると吠《ほ》えて追い払ったりする能力はあるが、頭の造《つく》りが「単純」という感は否《いな》めないのだ。

「それは違います」

ある人が「猫のほうがえらい説」に反論してきた。うちの犬は人間にへいこらしないというのである。その犬は二代目で、先代は犬の鑑《かがみ》というべき、立派な性

格だったという。朝、出勤しようとすると、どんなに暑くても寒くても、雨の日も風の日も、さささっと小屋から走り出てきて、

「どうぞ、お気をつけて」

といいたげに、きちんとお座りをする。そして飼い主の姿が見えなくなるまで、じっと見送っていたという。まるで明治男のような犬だったのである。ところが二代目はその血を分けた息子だというのに、全然、似ていない。晴れている日は、いちおう挨拶《あいさつ》には出てくる。しかし雨が降ったりすると、犬小屋にじっとうずくまっている。冬場など、餌を食べている姿以外、見たことがないというのである。

出勤の際、犬小屋にむかって、

「いってくるよ」

と声をかけてみたことがあった。しかし犬は出てこない。もう一度、

「いってくるよ」

といってみた。それでも出てこない。頭に来た彼が、犬小屋の前に仁王立《におうだ》ちに

なって、

「出かけるぞ」

と怒鳴《どな》ってみた。すると小屋のなかに丸まっていた犬が、鬱陶《うっとう》しそうに頭を上げ、そのままの姿勢で尻尾を、二、三回左右に振った。そして再び、寝てしまったというのである。

「犬だって、人間にへいこらしているばかりじゃありません」

犬好きの彼は、必死に犬の弁護《べんご》をしているつもりだったようだ。しかしそんな犬を見て犬嫌いが犬好きになるだろうか。自分の都合《つごう》しか頭のなかにないその犬も、なかなかいいキャラクターではあるが、嫌いを好きにかえてしまう、不思議《ふしぎ》なパワーがある猫のほうが、やっぱり私はえらいと思うのである。

ぶー

日曜日、私は更年期《こうねんき》をむかえてヒステリー症状《しょうじょう》が出始めた母親の命令により、買物にいかされた。それには食糧《しょくりょう》だけならまだしも、トイレット・ペーパーまで含《ふく》まれていた。こういうものが加《くわ》わると、妙《みょう》に所帯じみた感じがする。

「私はこの紙でお尻《しり》をふいています」

と公衆に宣言しているようでとても恥《はず》かしい。でも我が家に君臨《くんりん》している母親の命令には鬼《おに》も逆《さか》らえないので、さっさと用件を済《す》まし、私は両手に荷物を持って急いで帰ってきた。すると路地で子供たちが騒《さわ》いでいるのにでくわした。そのうちのひとりの男の子が細い竹の棒《ぼう》で何かをつっついている。近寄《ちかよ》ってみると棒でつつかれていたのは白地に黒いぶち柄《がら》の子猫だった。

「ほら、歩け」

男の子が子猫のお尻をつつくと、猫はちょっと前に進むのだが、すぐうずくまってしまって動かなくなる。そうするとまた棒でつつく。それを何度もくりかえしていた。

「そんなことしたら、かわいそうじゃない」

「だって、おばさん。こいつ、汚《きたな》くてのろまなんだもん」

私は子猫を汚くてのろまといったことより、おばさんといわれたことにムッとした。こういう子にはしっかりといいきかせなければならない。

「いくら汚くても、嫌《いや》がっているのに棒でつついたらかわいそうなの」

「自分で動こうとしないんだよ」

「体の具合が悪いんじゃないの」

「平気だよ、あたし、さっきこの猫が走るのを見たもん」

こざっぱりした洋服を着た女の子が、横から口を挟《はさ》んだ。

「それじゃ、きっとみんなのこと、こわがっているのよ。生き物を棒でつついちゃいけないわよ」

「だって、このまま道路にいたら、車にひかれちゃうよ。だから道の隅《すみ》にいくようにつついたんだよ」

「こんなに小さいんだから、抱《だ》っこしてあげなきゃ」

「えーっ」

子供たちは声をあげた。

「嫌だよ。こいつ、汚いんだもん。服が汚《よご》れちゃうし。服を汚すと、お母さんがものすごく怒《おこ》るんだ」

彼がいうとおり、うずくまっている子猫の背中はどろどろだった。

「おばさん。ねえ、この猫、飼《か》ってよ。このままじゃ、きっと死んじゃうよ」

「うーん」

「僕《ぼく》は子供だからどうにもできないんだよ。大人がちゃんとしてくれないとさあ」

「誰《だれ》も飼わないの」

子供たちは、「うちにはポメラニアンのチッチがいる」だの「ペルシャ猫のリリちゃんがいる」だの口々にわめいた。

「ねえ、おばさん。かわいそうだよ」

「うーん」

さっきまでいじめてたくせに、彼らは急に猫をかばい始めた。うずくまっている子猫はぶるぶるとふるえている。ここで私が、

「だめ、飼えないから。じゃあね」

などといったら、今度は私のほうが棒でつつかれそうだった。ずっとうちで飼わないまでも、誰か里親を捜《さが》すまでのちょっとの間、うちで世話をしてもかまわないだろう。私は、

「じゃあ、おねえさんがこの猫もらっていくね」

といって、うずくまったままの子猫を抱き上げた。

「あー、よかった。おばさん、バイバイ」

彼らは何事《なにごと》もなかったかのように、みんなで駆《か》けていった。

「ふん、なにがおばさんだ」

私は歩きながら、見た目よりもずっと重い子猫の顔を覗《のぞ》きこんだ。

「あちゃー」

がっくりきた。ふつうは体はどろどろでも、汚れを落としたら、かわいい顔がのぞいて、めでたしめでたしというのが定石《じょうせき》である。ところがこの子猫は、汚れていたとはいえ、すさまじい顔をしていた。

「うちに帰って、ちゃんと洗ってあげるね」

などと猫なで声でいえない顔だった。正直いって、このまま子猫をよその家の前に置き去りにしたくなった。

「お母さん、お母さん」

大声で叫《さけ》ぶと、

「うるさいわねえ」

仏頂面《ぶっちょうづら》した母親が奥からでてきた。

「ほら」

私は子猫を目の前に突き出した。

「何、これ」

彼女は妙にクールだった。

「『何、これ』って子猫じゃないの」

「そんなことわかってますよ。赤ん坊じゃないんだから」

「捨てられたみたい」

「あっ、そう。お母さんは知りませんよ。あなたが拾ってきたんだから、ちゃんと世話しなさい。お母さんは知ーらない」

彼女はいいたいことだけいって、すたすたといってしまった。私は子猫を抱きながら玄関であっけにとられていた。うちの母親ものびのびと更年期を迎《むか》えるために、家にひきこもらずに働くべきだった、ということにいまさらながら気づかされた。

風呂《ふろ》の脱衣場《だついじょう》に新聞紙を敷《し》いて、その上に置いても子猫はじっとうずくまったままだった。そこへ父親がやってきた。あまり好ましくない臭《にお》いをあたりにふりまいているところから察すると、トイレからでてきたばかりらしい。

「おっ、どうした」

「捨てられたみたい」

「ほう、晩のおかずか」

彼は笑えないギャグをとばしていってしまった。父親はこんな人ではなかった。勤勉《きんべん》で無口でまじめを絵に描《か》いたような人だったのだが、母親が更年期にさしかかってヒステリー症状を呈《てい》するようになってから、キャラクターが変わったのだ。

妻がヒステリーになってしまい、自分が無口だと家庭が暗くなると思ったのだろうか。ひとりではしゃぐようになってしまった。彼としては一生懸命《いっしょうけんめい》、母親の精神的に欠けた部分をフォローしようとしているようなのだが、もともとそういう素質がないため、彼がはしゃげばはしゃぐほど、暗い雰囲気《ふんいき》が漂《ただよ》うことがあるのに気がついていないようなのである。ヒステリーの母親。身になじまないギャグをとばす父親。OL六年目、仕事に疲れ始めた娘。こんな家庭に子猫はやってきたのであった。

猫は少し慣れたのか、そーっと顔を上げて周《まわ》りの様子をうかがっていた。どろどろした汚れの元はにおいをかいでみたら油だった。

「ほら、おいで」

私は子猫を抱き上げ、使い古しのタオルをシャンプーをたらしたお湯にひたし、ごしごしと体をこすってやった。

「フギャ、フギャ」

子猫は手足をばたばたさせて嫌がった。地肌《じはだ》までしみついた油汚れは、タオルをすぐ真っ黒にしてしまい、私はそのたびに何度もお湯をそっくり替えて、タオルを洗わなければならなかった。それを五、六回くりかえすと、やっと子猫の体から油汚れが取れた。

「どれ、顔を見せてごらん」

何度見ても子猫の顔は、

「あちゃー」

だった。まず体に比して異様に顔がでかい。三等身である。母猫の難産の様子が目に浮かぶ。おまけに顔面が真ん丸くてでかいのならまだかわい気《げ》があるが、横長の楕円形《だえんけい》ときている。凹凸《おうとつ》がなくてのっぺりとしている。目が細い。鼻から口の周りにかけて、ちょうど黒いぶち柄がついているため、間抜《まぬ》け面《づら》にみえる。生まれてきた子猫には何の罪もないのだが、

「もうちょっと何とかして欲しかった」

という顔立ちなのであった。

猫を抱きかかえて台所に行き、人肌《ひとはだ》程度に温めた牛乳をやった。まだ母猫のお乳を吸っていたらしく、子猫は牛乳の嘗《な》め方を知らなかった。私はガーゼを持ってきて、それに牛乳をひたしてやった。子猫は一生懸命、吸いついていた。何となく不憫《ふびん》になった。ところがあっという間に牛乳を全部飲んでしまい、ぺろぺろと口の周りを舐《な》めまわしながら、でかい顔でじっと私を見上げている。

「まだ、飲むの」

また私は牛乳を温めて、飲ませてやった。それもあっという間に飲み干してしまった。

「よく飲むねえ」

私が話しかけているというのに、子猫はそんなことなど無視してさっさと立ち上がり、風呂場に歩いていった。そして床に置いてある足拭《あしふ》きマットの上に寝転《ねころ》がって、首筋をぼりぼりと後ろ足でかき、ぱたっと伏《ふ》せてしまった。

「おい」

身動きもしない。いっきに牛乳を飲んだので気持ちが悪くなったのかもしれない。

「おーい」

マットの両端を持って揺《ゆ》すってみた。反応がない。

「生きてるかあ」

子猫の耳に口をつけて、もう一度いってみた。反応がない。

(どうしよう)

すると子猫は目をつぶったまま、くるっとあおむけになり、

「ふがぁ」

と息を吐いた。そして口をむにゃむにゃやりながら、グーグー寝てしまったのであった。

この子猫の名前はとりあえず「ぶー」にした。ちゃんとした名前は養子先でつ

けてもらえばいい。「おい」だとあんまりだし、この平面的なでかい顔には「ぶー」がぴったりだったからだ。まず私は一昨年の香港《ホンコン》旅行以来使っていない、インスタント・カメラを押し入れの奥から出し、みんなに配るべく私の部屋で「ぶー」の写真を撮《と》った。顔が顔なので背景でごまかそうと思ったが、花を横に置くと「ぶー」が花の引き立て役になってしまったのでやめた。

「ほーら、いい顔してちょうだい」

「ふがぁ」

目を細め、顔をくちゃくちゃにして口を開いた。こいつは顔も悪いが声も悪い。本人は笑っているつもりらしいのだが、ファインダーを覗いた私は、またまたがっくりした。写真を見せないほうが養子縁組《えんぐみ》はスムーズにいきそうだったが、

「子猫、いかがですか」

といって顔も見せずに養子縁組を取りつけ、この迫力のある顔面の「ぶー」を渡したら、悪徳商法に匹敵《ひってき》する罪になるような気がした。

「何とかならないのか。この顔は」

両手で「ぶー」の顔面を包みこみ、ぐりぐりと揉《も》んでみた。皮膚《ひふ》の軟《やわ》らかい子供のうちなら、多少、矯正《きようせい》できるかもしれない。

「ふがふが」

顔面を揉まれているというのに、「ぶー」はうれしそうに喉《のど》を鳴らしながら、手足をばたばたさせた。頭もいまひとつよくないようであった。

私があれこれ世話をやいているというのに、両親はあきれるくらい無関心だった。ふつうは顔面はともかく、こんな小さな生き物がやってきたら、「かわいいねえ」とか「何をやろうか」など愛情をこめた発言が出るものである。ところが母親は、

「うろうろ家の中を歩かせないでよ。臭《にお》うと嫌だから、猫のトイレはあなたの部屋の中から出しちゃだめ。エサの面倒も全部あなたが見なさいよ。いたずらしたらすぐ捨てるからね」

と機関銃《きかんじゅう》のように喋《しゃべ》り、

「あーあ、だるい」

とつぶやいていってしまった。父親は父親で、「ぶー」をつれてきたいきさつが、まるで浦島太郎《うらしまたろう》の話のようだといい、「ぶー」のことを、

「カメ、カメ」

と呼んでからかっていた。

月曜日の朝、私はいつもより一時間早起きして「ぶー」に牛乳を飲ませた。貴重な睡眠《すいみん》時間を削《けず》ってである。ところがいつまでたってもガーゼにしゃぶりついて離《はな》れない。無理に引き離そうとすると、手足をばたつかせて、

「ふぎゃぎゃ」

と怒る。

「『ふぎゃぎゃ』じゃない！　おねえちゃんは会社にいかなきゃいけないの」

やっとの思いでガーゼを口からもぎとると、「ぶー」はでかい顔をますますふ

くらませて怒っていた。

「帰ってきたらいっぱいあげるから、我慢《がまん》しなさい」

そういいきかせて鏡に向かって化粧《けしょう》をしていると、背後から「くちゅくちゅ」という音が聞こえてきた。おしろいをはたきながら後ろをふりかえると、そこには、クッションに寄りかかり、足を投げだしたパンダ座りをしながら、ふてくされて自分の左手の肉球《にくきゅう》を、くちゅくちゅしゃぶっている「ぶー」の姿があったのだった。

「誰か、子猫いらないかしら。うちで預かっているんだけど」

会社の更衣室《こういしつ》で後輩《こうはい》の女の子にいってみた。実は私は内心、彼女を「ぶー」の里親に決めていたのだ。猫が好きだといっていたし、実家から通っている。庭もある。「ぶー」が成長するには願ってもない環境である。

「わあ、子猫ですか。かわいいでしょう。森田さんは飼わないんですか」

彼女は目を輝《かがや》かせた。

「うーん。母がねえ、あまり好きじゃないみたいなの」

そういいながら私は、彼女に色目をつかった。彼女がすんなり「ぶー」の里親になってくれたら、私は苦労をしなくてすむ。

「うちにも猫がいたらいいと思うんですけどねえ……」

（いいぞ、いいぞ）

思わず身を乗り出した。

「うちも同じなんですよ。世話するのがどうしても母親でしょ。『面倒くさいから嫌だ』っていうんです」

「うーん」

よほど彼女が「ぶー」を気にいったのならともかく、顔を見ないうちからこういう調子なのだから、顔を見たら養子縁組の話は潰《つぶ》れるにきまっている。

「写真ないですか」

彼女はにこにこしながらいった。

「えっ」

「写真ですよ。猫ちゃんの」

私は「猫ちゃん」とはとてもじゃないけどいいがたい、「ぶー」の顔を思い浮かべた。

「いま現像してもらってるんだけど」

「それだったら、社員食堂の伝言板に貼《は》ったらいいですよ。そうしたらみんな見るし。ねっ、そうしましょう」

彼女は人の気も知らずに、にこにこしていた。きっとカレンダーや写真集に載《の》っているような、毛がまだふわふわしていて、目がぱっちりして、食べたくなるくらいかわいい子猫を想像しているのに違いない。毛がごわごわしていて、顔がでかくて目が細くて、ごつい顔の子猫なんて、彼女の頭のなかにはないのだろう。

私は写真を貼って、里親を見つけようという気持ちと、写真なんか貼ったら、里親なんか見つからなくなるという相反《あいはん》した思いに悩《なや》みながら、社員食堂の伝言板に「ぶー」の写真と、「子猫、あげます」の紙を貼った。反応はすぐあった。写真の前には人だかりがし、それを見た社員からは、笑い声がもれてきた。

「うわあ、すごい顔」

「これ、特殊《とくしゅ》レンズで撮ったのかあ」

「なんか、押し潰されたみたい」

「人間の子供はさあ、小さいとき不細工《ぶさいく》でも大きくなってきれいになったりするじゃない。でも猫はそういうことがないんだよね」

みんな「ぶー」の顔面をさかなに、いいたいことをいった。私は「この件には関係ありません」という態度を装《よそお》い、たぬきそばをすすっていた。

「森田さん、この猫、なんていう名前」

後輩の男性社員が大声でいった。

「えっ」

たらっと汗が流れた。

「名前ですよ、名前。あるんでしょ」

「うーん、別に……」

「何て呼んでるんですか」

私は意を決して、

「ぶー」

とひとことといい放《はな》った。

「はっ」

彼は怪訝《けげん》そうな顔をした。

「『ぶー』っていうの」

私は小さな怒りを笑い顔でくるんだ。

「ぶー?」

ワン・クッションおいて、みんなはどっと笑った。

「やだーん、かわいいー」

後輩の女の子は胸の前で指を組み、体をくねくねさせた。

(かわいいと思ったら、飼ってくれよ)

私はたぬきそばを食べながら、ますます盛《も》り上《あ》がっている彼らを横目でにらんでいた。

「ねえ、誰かもらってくれない。顔はいまいちだけど、性格はいいの」

気を取り直してプッシュしても、みんなは曖昧《あいまい》に笑っているだけだった。この戦略は見事に失敗した。一か月の間、社員一同に食前食後の、大笑いは提供したものの、里親の申し出は一件もなく、あとに残ったのは「ぶー」の恥かしい写真と、その横にでかでかと書かれた「森田ぶー」という文字だけであった。

「どうしよう。あんたのこと、誰も欲しくないってさ」

帰ってから私は「ぶー」に報告した。彼はがつがつといわし御飯《ごはん》を食べていたが、ふっと顔をあげ、

「ふがっ」

と短く鳴いた。「ぶー」はいつも私が会社から帰ってくるのを待っていた。いらついている母親のそばには寄ろうとはしなかったので、日中、甘える相手がいなかったこともあるのだろう。食事を残さず食べ続けたおかげで、あっという間に大きくなり、すでに猫のおっさんのようになっていた。しかし私が帰ると、でかい顔をくちゃくちゃにして、

「ふがぁ」

といいながら足に押しつけてくる。そして何度もころりころりと足元に転がって、愛想をふりまくのだった。母親はぐんぐん大きくなっていく「ぶー」を見て、

「まだもらい手が見つからないの。何とかしなさいよ」

とあきれ顔でいったが、まだ若いのにこんなおっさんみたいになってしまったら、もらい手なんかあるわけがなかった。私は「ぶー」はすでに家族の一員だと思っていたが、母親はそうは思っていなかったようだ。日中は私の部屋と父の部屋がある二階をうろうろしていた。一階に降りていくと母親が怒るので、「ぶー」

の居場所は二階しかなかったのである。

残業続きでその日も、家に帰ったのは十時を過ぎていた。

「ただいま」

といっても「しーん」としている。様子をうかがっていると、渋《しぶ》い顔をした父親が小走りにやってきて、両手の人差し指で頭に角《つの》を作りながら、

「お母さんが大変だ」

と小声でいった。

「ミチコ！　こっちにいらっしゃい！」

同時にキーンとした音色《ねいろ》の声が耳をつんざいた。おそるおそる母親の部屋に入っていくと、彼女は黙《だま》って目の前の着物を指さした。

彼女がいちばん大切にしているうす紫色の訪問着である。

(ひえーっ)

背中の縫《ぬ》い目の部分に、まるで家紋《かもん》のように「ぶー」がもりもりと脱糞《だっぷん》してい

た。血《ち》の気《け》がひいた。

「台所のテーブルの上にのったから、お尻を叩《たた》いたのよ。それにいくらいっても二階にあがっていかないから、掃除機《そうじき》で追い払ったの、そうしたらこういうことやるのよ。何よ、これは」

「……」

「だからさっさともらい手を見つけなさいっていったのに」

母親はドスのきいた声で、怒《いか》りをぶつけた。猫は叱《しか》られると復讐《ふくしゅう》のために、その人がいちばん大切にしているものに、おしっこをひっかけたり、脱糞したりすると聞いたことがある。「ぶー」は母親にヒステリックに叱られて、怒りが爆発したに違いないのだ。

「『ぶー』は?」

「怒ったら、出ていっちゃったわよ」

「え……」

「もう帰ってこないいんじゃない。すごい勢いで出ていったから」

母親は少し落ち着いたようだった。だけど「ぶー」はどこかにいってしまった。

「だからヒステリーは嫌なのよ。猫なんかに当たったりして。大人げないわよ！」

私は急に悲しくなって、二階に上がっていった。「ぶー」の食べ残した猫まんまが、器《うつわ》に半分残っていた。母親も気の毒だが、「ぶー」だってかわいそうだ。生まれてすぐ捨てられて、子供にお尻をつつかれ、顔がでかいと会社の人に笑われた。うちの会社は百人従業員がいる。みんなからもらい手になるのを拒否《きょひ》されたのだ。うちで飼うつもりだったのに、ヒステリーのおばさんのせいで家の中を自由に歩きまわれない。「ぶー」はスキがあれば、いつでも出ていきたかったのかもしれない。それならそれでもいいが、そのきっかけが母親のヒステリーというのでは、あまりに「ぶー」がかわいそうだった。

部屋のなかはボカッと穴があいたようだった。私が会社から帰ってくると、階段の上でおすわりして待っていた。部屋に入るとかたときも離れなかった。でかい顔を私の体にこすりつけて甘えてくる。「ぶー」を抱っこすると体のなかから湧《わ》き出るように、「ふごふご」という音が聞こえてきた。猫の鳴き声は誰でも聞けるけど、この音はお互《たが》いに心を許していないと聞けない。私はいつも、添《そ》い寝《ね》した「ぶー」がふごふごと音をたてるのを聞きながら寝ていたのだ。

「帰ってくるかなあ」

ヒステリーおばさんがいる限り、もう戻《もど》ってこないかもしれない。誰か猫好きな人に飼われればいいけれど、あの顔だからどっちかというと、ノラの道を歩む可能性のほうが高い。保健所に連れていかれていないだろうか。車に轢《ひ》かれていないだろうか。ひとりで生きていかれるだろうか。私は暗い気持ちになってベッドに突《つ》っ伏《ぷ》して寝た。

「カメはどうしてるかなあ」

翌朝、父親は母親のほうをちらちら見ながらいった。母親は無言である。

「カメじゃないよ。『ぶー』よ」

私の口調もついとげとげしくなってしまう。それっきり会話は途絶《とだ》えてしまった。もしかしたら「ぶー」が帰ってきているのではないかと、会社にでかけるときに捜したりしたのだが、そんな気配は全《まった》くなかった。仕事をしていても、今日は「ぶー」が帰ってくるかもしれない、と気が気じゃなかった。ところが一週間たっても二週間たっても、「ぶー」は姿を見せなかった。その間、母親は明るくふるまっていた。私に対して負《お》い目《め》があるからか、妙に愛想がよかった。それならば、「ぶー」がいたときに、もっとかわいがって欲しかった。白地に黒いぶち猫をみると、思わず、

「ぶー」

と声をかけてしまう。しかし振り返ったその顔は「ぶー」ではなかった。「ぶー」は楽しいことがあったんだろうか。私と一緒《いっしょ》にいるときは楽しかったのかもしれないが、それはあまりに短かった。生まれてから死ぬまでかわいがってもら

える猫もいるというのに、「ぶー」はなんて不幸だったのだろう。

「『ぶー』、ごめんね……」

こういうときにはどういうわけか、ひとつひとつのしぐさを鮮明に思い出す。パンダ座りをしながら、すねて自分の肉球をしゃぶっている姿。おいしいものをもらったときの、目を細めた顔と「うにゃうにゃ」という鳴き声。私が会社にいくときの悲しそうな淋《さび》しそうな顔。不細工な猫にだって表情も感情もある。私は毎晩、寝る前にほろっと泣いた。

「ぶー」が姿を消してふた月ほどたった。私もなんとかふんぎりがつき、前とかわらない生活に戻った。母親のヒステリーもなんとかおさまって、平和な日々が我が家に訪《おとず》れ、寝る前に涙《なみだ》を落とすこともなくなった。ベッドでうつらうつらしていると、外で変な気配がした。かすかに音も聞こえる。夜中の十二時である。

(もしかしたら、覗《のぞ》きかもしれない)

そーっと窓を開けてみた。誰もいない。近所のおばさんの話だと、電柱によじ

のぼって覗きをしていたふとどきものがいたらしいから、油断ができないのだ。安心して窓を閉めようとすると、

「ふぎゃ」

と小さい声がした。あわてて窓を大きく開け、部屋の光を使ってもう一度見ると、私の目の高さの木に必死にしがみついている「ぶー」がいるではないか。

「『ぶー』なの?」

「んぎゃあ」

「ぶー」の体は汚れ放題汚れ、顔には無数のひっかき傷があり、ますます醜《みにく》くなっていた。ひどい声もそのままだった。「ぶー」は私の部屋の窓にいちばん近い庭木に登り、そばまでやってきて声をかけたのだ。

「はやくここにとび移りなさい」

私は窓の下にあるひさしを指さした。ここまでくれば簡単に部屋に入ることができる。

「はやく。おいで」

「ぶー」は細い庭木にしがみついたまま、

「ふがぁ、ふがぁ」

と小さな声で心細そうに鳴いていた。困ったときに発する声だ。木は「ぶー」の重みで相当しなっている。もたもたしていたら、木は重みに負けて折れてしまうだろう。

「男だろう、ほら、いけ」

「ぶー」は意を決して、ぱっとひさしにとび移った。

(よかった)

とほっとしたのも束の間《つかのま》、「ぶー」は斜《なな》めになったひさしでツルッと足をすべらせた。デデデデッとひさしの上でもがいていた「ぶー」は、「助けて」といいたげに私のほうに前足を伸《の》ばした。

「ああっ」

私が伸ばした手は届かず、「ぶー」は視界から消えてしまった。

「『ぶー』が落ちた！」

ところがドスンという音がしない。

「ふにゃあ」

頼《たよ》りない声が下から聞こえてきた。

「どうしたの……」

目をこらしてよくよく見たら、ひさしの端《はし》っこに精一杯伸ばした「ぶー」の前足の爪《つめ》がひっかかっていた。あわてて階段を降り、父親の靴《くつ》を履《は》いて庭に出ると、何とそこにはひさしにぶらーんとぶら下がった「ぶー」の姿があった。騒ぎを聞きつけて両親も出てきた。

「ぶー」は、

「ふにゃあ、ふにゃあ」

と悲しそうに鳴きながら、必死にぶら下がっていた。

「帰ってきたか。やっぱりカメだな」

父親は腕を組んで感心していた。問題の母親は、

「大丈夫かしら」

と好意的な発言をした。

「おっ、見ろ」

父親はうれしそうにいった。

「ほら、だんだん前足がわなわな震《ふる》えてきたぞ。あとは時間の問題だな」

前足がわなわなと震えたあとは、後ろ足がかわりばんこに小さく前後に動いた。

「ほれ、ほれ、もうすぐだぞ」

父親は小さな声でカウント・ダウンをし始めた。小さく前後に動いていた後ろ足がだんだん大きく動き、短くて太い尻尾《しっぽ》が左右に動きだした。そしてしまいには尻尾が、まるでかざぐるまみたいにぐるぐる回り出した。前足はわなわな、後ろ足はばたばた、尻尾はぐるぐる。私はうれしくておかしくて、涙がぼろぼろ出

てきた。

「ゼロ！」

父親が叫んだとたんに、ドスッと音をたてて「ぶー」は落下した。

「大丈夫か」

私たちが走り寄ると「ぶー」は植《う》え込《こ》みの陰《かげ》で、

「うぎゃ」

と小さく鳴いて目を細め、照れた顔をした。木には「ぶー」の抜け毛が点々とついていた。

「あら、まあ、すごい顔」

「ぶー」の顔を覗きこんだ母親はいった。私は前にもまして汚くなった「ぶー」を抱き上げた。猫というより汚れたバスタオルを団子《だんご》状に丸めたみたいだ。「ぶー」の体のなかからは、あの「ふごふご」という音が、地の底から湧き出るように聞こえてきた。じわーっと温かい気持ちになった。

「あーあ、ほんとに嫌になっちゃうわねえ」

母親があきれ顔でいっても、「ぶー」はでかくて汚い顔をくちゃくちゃにして、いつまでも「ふごふご」いっていたのであった。

子ネコの因果応報《いんがおうほう》

自分の子供を持つのはもちろんのこと、動物でさえも飼《か》う気はなかったのに、五月の頭に子ネコを拾ってしまった。五月一日、マンションの外廊下《そとろうか》に出るとどこからか子ネコの悲しげな鳴き声が聞こえてきた。周囲は住宅地なので、最初は近所の家が子ネコを飼いはじめたのか、くらいにしか思っていなかった。

翌日もまた、同じ声がした。気になって、うちの三階の外廊下から、一階の庭を見てみたりしたのだが、姿は見えない。昨日にも増して、鳴き声はせっぱ詰《つ》まっている。庭まで降りていって探《さが》してみても、鳴き声はするけれど姿は見えない。

「どこにいるの。出ておいで」

と声をかけると、ひときわ鳴き声は大きくなるものの、姿は見せない。気にはなったが、向こうが姿を見せなければどうにもならないので、部屋に戻《もど》ってしまった。

そして三日目。その日は小雨が降っていた。仕事場に行こうとして部屋を出ると、下から子ネコの鳴き声がする。ますます寂《さび》しく悲しそうな雰囲気《ふんいき》が漂《ただよ》っている。

「あら、まだいる」

そういいながら下を見ると、隣家《りんか》との境の塀《へい》の上に、白と黒のぶちの子ネコがうずくまっているではないか。

「うーむ」

声だけでも気になっていたのに、姿を見てしまったら、もういけない。もう無視できなくなってしまったのである。子ネコは雨をよけるために、塀とエアコンの室外機の十センチほどの隙間《すきま》に丸まっている。私は荷物を置き、とにかく下に降りていった。塀の高さは二メートル以上あって、チビの私が手を伸《の》ばしたくらいでは届かない。

「降りておいで」

声をかけると、

「しゃーっ」

といって耳を後ろに倒す。私は足場になるものを見つけて塀によじ登り、

「はいはい、大丈夫よ」

と手を伸ばしてつかまえようとした。しかし子ネコは塀の上を走って逃げていった。逃げたのならばしょうがない。人間につかまりたくないと思っているネコを、むりやりつかまえるのは酷《こく》というものだ。私はあきらめて部屋に戻り、荷物を持って仕事場に行こうとした。

とはいってもやはり子ネコが気になる。また外廊下から下を見ると、さっきの子ネコがもといた場所に戻ってきていて、体を縮《ちぢ》こまらせている。もう一度やっ

てみて、こちらに来なければ、本当にあきらめるしかない。私はまた塀によじ登り、

「おいで」

と手を伸ばした。するとさっきと同じように、

「しゃーっ」

というものの、逃げようとはしなくなった。

「いつまでも、この上にいるつもり？　このままずっとここにいたら、死んじゃうよ」

私はそういいながら、隙をみてむんずと子ネコをつかみ、抱きかかえて急いで部屋に戻った。たまたま友だちのネコを預かっていたので、餌《えさ》はある。友だちのネコも子ネコの鳴き声を気にして、私が子ネコを抱きかかえて帰ってくると、不《ふ》思議《しぎ》そうにじっと見ていた。とりあえず、客間を子ネコ用の部屋にあてて、中に放《はな》した。子ネコはささっと部屋の隅《すみ》においてあった箱の陰《かげ》に隠《かく》れてしまい、近寄《ちかよ》

ると、

「しゃーっ」

を連発する。

「あんたは本当に『しゃーっ』が得意だのう」

とりあえず、友だちのネコ用のネコ缶《かん》を、ちょっと貸してもらい、皿に入れて部屋の隅に隠れている子ネコに見せた。

「お腹《なか》がすいているんじゃないの。ずっと外で鳴いてたからね」

するとさっきまで、

「来るなーっ」

といった形相《ぎょうそう》だった子ネコが、餌を見たとたん、

「おっ？」

というような顔に変わり、とことこと走り寄ってきて、ものすごい勢いで餌を食べはじめた。

「うーん、悲しいかな、動物の性《さが》」

そういいながら、私はほっとした。この間に今度はトイレの準備である。これもまた預かっているネコのトイレの砂を借り、とりあえずうちにあったなかでいちばん大きいプラスティックの容器に入れて、その場しのぎのトイレにした。

子ネコはあっという間に餌を食べ終わった。どことなくほっとした表情になっているような気がした。

「トイレはここだからね。やり方はわかるかな?」

砂を手にすくい、さらさらと落としてみせると、子ネコは異様な反応を見せて、あっという間にトイレにしゃがんだ。そして、

「ぶりぶりぶりっ」

とものすごい音をたてて脱糞《だっぷん》し、放尿《ほうにょう》した。

「これ、全部、あんたの体から出たの」

とびっくりするくらいの、ものすごい量だった。体の大きさと同じくらいの量

が出たんではないかと思うくらいだった。きっと我慢《がまん》をしていたのだろう。ということは、外で用を足すことに慣れていないというわけだから、この子ネコは飼われていたのに間違《まちが》いない。何かのはずみで外に出てしまい、迷って戻れなくなったのか、それとも何らかの事情で捨てられてしまったのか。よく見てみると、脚《あし》の白地の部分もそれほど汚れておらず、足の裏もきれいだ。体もそれほど汚れていない。とりあえず様子を見て、近所に尋《たず》ねネコの貼《は》り紙《がみ》がないかチェックをし、連休あけに獣医《じゅうい》さんに連れていこうと思った。その日は客間に水と餌とトイレを置き、タオルを敷《し》いてネコベッドを作ってやり、部屋を閉めて静かに寝られるようにしておいた。そしてその日は、気にはなったものの、そのままそっとしておいたのである。

翌朝、

「どう、元気?」

と様子を見に行くと、いちおうはこそこそっと逃げるものの、得意の、

「しゃーっ」

の声は小さくなってきた。しかしこちらから、しつこく抱いたりするのは避《さ》け、昨日と同じように静かにできるようにしてやった。

うちで世話はしているものの、探している本当の飼い主がいるかもしれない。私は近所の路地をうろうろと歩き回り、尋ねネコの貼り紙を探した。しかしどこにもそんな物はない。ほとんど体が汚れていないところを見ると、長いことうろうろとしていないような気がした。もしも飼い主がいたらと、私は子ネコに名前をつけず、自分ではっきり飼うことが決まったらつけようと思っていた。昨日と同じように静かに寝られるようにしておいた。友だちのネコは性格がよくて優《やさ》しいので、閉まっている客間のドアの前で、私の顔を見上げて、

「にゃあ」

と鳴いたりする。

「今、寝てるからね」

そういって私は預かっているネコを膝《ひざ》の上に乗せ、

「いったい、どうしたもんかねえ」

とネコ相手に話をしていた。

だいたい、あのネコがいったいどこから来たのかが不思議である。高さ二メートルもある塀にどうやって上ったのか。ほとんど足の裏が汚れていなかったということは、地べたを踏《ふ》んでいないということなのではないだろうか。そしてよりによって、連休中、みんなが旅行をしているときに、一人、仕事をしている私が見つけてしまった。ネコ好きの高校時代の友だちにこの話をしたら、

「連休中って、捨てネコが多いらしいわよ。旅行に行くときに、預けたりするのが面倒くさくなって、捨てちゃうんだって。姉が拾ったネコは、公園の木の上にいたのよ。箱がね、木の上の二股《ふたまた》のところに置いてあったらしいわよ」

といった。とにかくネコは昔《むかし》のように地べたに捨てられているのではなく、今は木の上にも塀の上にも、どこにでも置かれているのだというのだった。

このときも私は、自分でこの子ネコを飼うつもりはまだなかった。旅行にも行きにくくなるし、だいいち生き物は飼う気がない。実家に電話をすると、母親が、

「かわいそうにねえ」

とひとしきり子ネコに同情したあげく、

「うちは、もうだめだわ。とにかくおじさんがものすごく大きくなっちゃって。それが放し飼いになってるからねえ。子ネコも家の中を走り回るだろうし」

といった。頼みの綱《つな》だった実家に断られ、

「もういい、頼まない」

と電話を叩《たた》き切った。子ネコのほうも、人に飼われたいのか、そうでないのかがよくわからない。この時点では、子ネコと私は飼い主でも飼いネコでもない、曖昧《あいまい》な関係だった。

三日目、子ネコは私が手を伸ばすと、ごろごろと喉《のど》を鳴らし、顔をこすりつけてくる。みーみーと顔を見上げて鳴き、懸命《けんめい》にあとを追うようになった。

「仕方ないか。これも縁《えん》だ」

ここで私ははじめて、このネコを飼うことに決めたのである。

動物を飼ったら、甘やかしてべったりになるかと想像していたのだが、あまりに自分が淡々としているので、我ながら驚《おどろ》いている。かわいさでいったら、友だちのネコのほうが責任がない分、ずっとかわいい。うちで飼うのだったら、ちゃんと教えなければならないことがあるから、ネコかわいがりするだけではどうにもならないのである。子ネコはあんなにしゃーしゃー鳴いていたのが嘘《うそ》のように、我が物顔で家の中を猛《もう》スピードで走り回り、横っ飛びはするわ、ジャンプして私の体にはとびつくわ、本や雑誌はかじるわ、もう大騒動《おおそうどう》である。あまりに乱暴者なので、絶対にオスだと思っていたのに、獣医さんに連れていったら、メスだった。

最初は夜中に二時間おきに起こされるのが、いちばん困った。私は一度寝ると、朝まで起きない質《たち》だったからである。子ネコはごろごろと喉を鳴らしながら、私の顔面にちゅーちゅー吸い付いたり、体の上を走り回ったりした。今は明け方、一回だけに減ったものの、途中で起こされるのはやはり不愉快《ふゆかい》である。じゃれつくときも、どれくらいの力を出していいかわからないから、私の手は引《ひ》っ掻《か》き傷だらけで、毎日、流血している。ただ私が仕事をしている間や、出かけるときに、

「お留守番《るすばん》」

というと、後追いもせずに、自分のベッドにおとなしく寝ているので、その点だけは助かっている。

母親の話によると、子供のころの私は近所で有名な暴れん坊で手に負《お》えず、心中しようと思ったくらいに苦労したらしい。私は子供を作るつもりはなかったので、自分はそんな目にはあうことがないと安心していたのに、この子ネコにやられている。

「因果応報」

私はこの言葉を今、かみしめているのである。

II

話の好きな猫

噂《うわさ》好《ず》きの猫

先日、テレビで「日本猫の尻尾《しっぽ》はなぜ短いのか」というテーマを放送していたので、チャンネルをまわしてみた。昔《むかし》、猫は尻尾の長いのが一般的だったのが、猫は歳《とし》をとると人間の言葉を理解するようになり、そのうち長い尻尾が二つに分れて、人間を化《ば》かすといわれるようになった。いわゆる猫股《ねこまた》である。それで尻尾の長い猫は猫股になりやすいから敬遠され、尻尾の短い猫が好まれたらしい。うちの母親も尻尾の長い猫は、ちゃぶ台のそばを歩くと、尻尾の先で台の上を撫《な》でるのでよくないといっていた。うちにいたトラ一族はみんな尻尾が短く、母親は、

「こういう猫がいちばんいいの」

と飼《か》い主《ぬし》の欲目で、トラ一族を誉《ほ》めたたえていたのである。

番組を見て驚《おどろ》いたのは、昔の人々が、

「猫は歳をとると人間のことばを理解する」

といっていたことである。長屋のおかみさんや、八っつぁん、熊《くま》さんも、飼い猫の「たま」が歳をとるにつれて、恐《おそ》ろしいくらいに人間のことばを理解するのを見て、かわいいと思う反面、内心、薄気味悪《うすきみわる》がっていたのだろう。

十年ほど前のことだから、今はもういないだろうが、当時、私の実家の近所の八百屋《やおや》さんでメス猫を飼っていた。母親とふたりで買い物にいったとき、何気《なにげ》なく店の奥を見たら、店から部屋に入るあがり框《かまち》に、真っ白い小柄《こがら》な猫が、ちんまりと置き物のように座っていた。

「あっ、猫がいる」

と声をあげたら、おばさんは、

「ええ、これはもう化け猫なんですよ」

と困ったような顔をした。シロという名の小柄な猫は、その家の息子さんが生まれる前から飼われていて、二十五年も生きている、お婆《ばあ》さんだったのである。

シロはふだんはずっと、家の奥の座敷《ざしき》で寝ている。長寿《ちょうじゅ》のお祝いとして、おばさんが小さな紫色の縮緬《ちりめん》の布団《ふとん》を縫《ぬ》ってやったら、それがとても気に入って、日がな一日、その上で寝ている。ところが、そのシロがふっと起きることがある。それは猫好きのお客さんが店にきたときである。別に寝ているのを起こしもしないのに、どういうわけだかお客さんが猫好きだと察知すると、あがり框に座って、

「私を紹介《しょうかい》して」

といいたげに、じっと待っているという。知らんぷりをしていると、苛立《いらだ》ったように、

「ニャア」

と鋭《するど》く鳴いて自分をアピールする。その声に負けたおばさんや息子さんが、シロを抱き上げて、

「二十五年、生きている猫なんですけど」

とお客さんに紹介する。そうしてもらうとシロはやっと納得《なっとく》して、座敷にひっこむのであった。

「はいはい、わかりましたよ」

息子さんがシロを抱きかかえて見せてくれた。私は今まであんなにきれいな、神々《こうごう》しい猫を見たことがなかった。体はとても二十五年生きてきたとは思えないくらい、銀色と白の間のような、ものすごくきれいな毛並みをしていた。目はほとんど見えず、うさぎのような赤い目だ。品《ひん》のいい顔をしていて、私が、

「きれいだねえ」

といって体を撫《な》でてやると、おとなしく声のするほうに顔を向けていた。

「はい、おしまい」
二、三分ほど体を撫でまわしたあと、息子さんがあがり框にシロを置いてやると、彼女はそのまま奥にはいってしまい、二度と出てこなかった。食事は一日に

おちょこ一杯のおかゆだけ、という話を聞くと、まるであの猫は仙人《せんにん》ではないかという気になってきたのである。

「でも、どうして化け猫なの」

母親がたずねると、おばさんは、

「だって、噂話《うわさばなし》が大好きなんだもの」

と笑っていた。婆さん猫のシロがいちばんの喜びとしているのが、町内の噂話だというのだ。

あるとき、おばさんと息子さんが、食後、お茶を飲みながら、雑談《ざつだん》をしていた。傍《かたわ》らには、紫の座布団の上で丸まって寝ているシロがいる。話をしているうちに、話題は町内の噂になった。

「団子屋《だんごや》のおやじが、どうも浮気《うわき》をしているらしい。相手は隣《となり》の駅前の飲み屋の若い女の子という話だ」

などといってふと横を見たら、さっきまで寝ていたはずのシロが起きてきて、耳をぴんと立て、二人の話をふんふんとうなずいて聞いていたというのであった。

「何やってんの、あんたは」

とシロにいったら、寝ぼけたような素振《そぶ》りで、紫の座布団の上に戻《もど》って丸まってしまった。そのときはそれほど気にとめていなかったのだが、それから町内の噂話をするたびに、死んだように眠っていたシロがむっくりと起きてきて、耳をそばだてて話を聞いていることに気がついたのである。

わざと噂話をしたこともあった。最初は、

「明日は晴れるかねえ」

というたわいもない話である。そしてシロの姿を横目で見ながら、

「魚屋さんの息子、高校に受かったのはいいけど、裏口だったらしいわよ」

「電気屋さんの夫婦は、どうやら離婚《りこん》するらしいね」

などといいながら様子をうかがっていたら、今まで寝ていたシロがふっと起きてきて、いつものようにそばに寄ってきて、片耳をぴんと立てて、ふんふんと話

を聞いていたというのだ。

「まったくねえ。噂話をしているときだけそうなんですよ。いったいあんな話、聞いてどうしようっていうんですかねえ」

息子さんも首をかしげていた。私と母親は帰り道、ああいう化け猫はすきを見て家を抜け出し、町内の猫が集会を開いているときに、御隠居《ごいんきょ》さん的立場で登場し、

「うちの飼い主が、あんたんとこの夫婦は、別れるんじゃないかっていってたよ」

と、年下の猫たちに、町内の人間情報を教えているのではないか、そして情報収集の方法などを伝授しているのではないかと話し合った。シロの尻尾が長かったかどうか、私の記憶はさだかではない。

〝にゃんにゃん〟の意味

私は猫の姿を見ると、素通《すどお》りできない。ついついちょっかいを出してみたくなる。

「こんちは」

などと、友好の挨拶《あいさつ》をしてみるのだが、猫それぞれに反応が違《ちが》うのが面白い。

ある猫は、ぼーっとこちらの顔を見上げたまま、

「こいつ、いったい何者だ」

という顔をするし、ある猫は私が近づいていくと、あわてて生《い》け垣《がき》から家の庭に逃げていく。ところが逃げながら猫は、生け垣の葉っぱの間から、じっとこち

らの様子を窺《うかが》っているのだ。嫌《いや》ならとっとと逃げればいいのに、好奇心を抑えられない。葉っぱの間から猫の目が見えているのが、これまたかわいいのである。

猫は自分勝手だからいい。自分が遊んでもらいたいときは、「うるさい」と追《お》い払《はら》っても遊んでもらえるまで、しつこくまつわりついてくるくせに、こっちが遊ぼうとしても、猫のほうで気乗りがしないと、「ふん」と知らんぷりをしている。

「ねえねえ、遊ぼうよ」

としつこくいい続けてやっと、しらけた顔で私の目の前でごろんと横になる。そこで体中をいじりまわすと、

「あーあ、早くやめてくれないかなあ」

とそっぽを向いている。人間と遊んでやっていると思っているようなのだ。それが猫の顔つきや態度を見ていると、ありありとわかるのである。

「あんた、やる気がないね」

といいながらも、やっぱり猫を見ていると、かわいくて面白い。ぶすっとした猫でも、全《まった》く人間を相手にしないのら猫でも、猫はそれぞれに魅力的《みりょくてき》なのだ。

うちの近所には、たくさんの飼《か》い猫がいて、そのうちの何匹かとは顔なじみなのであるが、猫の姿を観察していると、本当にこの猫たちは、人間が化《ば》けているのではないかと感じることがある。あるとき、散歩をしていてこぢんまりしたお寺の前を通りかかると、門柱の上で猫が寝ていた。両前足をくるりと曲げた、いわゆる香箱状態で、しっかと目をつぶっている。その姿はまるで置物みたいで、ついつい笑ってしまったら、その猫が薄目《うすめ》を開けた。ぶすーっとした顔だちの雄《おす》猫で、体つきもしっかりしている。体中からぶすーっとした雰囲気《ふんいき》が漂《ただよ》っていて、どことなくおやじっぽい。私はきっと相手にしてもらえないと思ったのだが、いつもの習慣で、「こんちは」といってみた。するとその猫は、私が声をかけたとたん、「ふにゃにゃにゃにゃ」と顔からは想像できないような、かわいい声を出して、門柱から飛び降りてきた。そして私の脚《あし》にしっかりとした体をこすりつけては、ごろごろと喉《のど》を鳴らしたのである。

「あんた、意外と人なつっこいのね」

体を撫《な》でてやると、ふがふがといいながら愛想をふりまく。不細工《ぶさいく》な顔に満面の笑《え》みである。そして尻尾《しっぽ》をぴんと立てて私の足元をぐるぐると回り、歩かせてくれないのだ。頭を撫でながら、

「お利口さんだね」

と誉《ほ》めたら、猫はまた大きな声で、「うにゃにゃにゃ、うにゃにゃにゃ」と一生懸命《いっしょうけんめい》、話しかけてくる。愛想のいい猫だと、

「こんちは」

といったときに、たまに「ふにゃ」とか「うにゃあ」とか返事をするのはいるが、雄猫でこんなに延々《えんえん》と話す猫は初めてだった。

(ひえーっ、話好きな猫だったのか)

そう思いながら、道端《みちばた》にしゃがんで、

「ふんふん、あー、そうなの」

と適当に相槌《あいづち》をうっていた。道行く人々は私を見て不思議《ふしぎ》そうな顔をする。あぶない人のように見えたと思う。しかし猫はそんなことはおかまいなし。一向《いっこう》に猫の話は終わる気配がないのであった。不細工な顔をこちらにむけて、真剣なまなざしでしゃべるものだから、私も無視できず、人の目を気にしつつも、ふんふんと話を聞いていたのだが、だんだん飽《あ》きてきた。私はその猫の背中や喉や頭を撫でてやりながら、飼い主にかまってもらってないのではないかと思った。飼い主が猫のいっていることはわからなくても、そうか、そうかと相槌をうつと、猫は満足するのである。

たとえば、うちで飼っていた猫は、トラという名前の雌《めす》だったが、外で遊んで帰ってきたときに、

「お帰り」

といってやると、「ふにゃふにゃ」とこちらの顔を見上げて話をした。「きょ

う、あそこの原っぱにいったら、バッタがいた」とか、「ミミズをつかまえた」とか「隣《となり》のおばさんを見かけた」というような、たいしたことは話していないとは思うし、何をいっているんだか、さっぱりわからないものの、とにかく私たちに何かを訴《うった》えているのは確かであった。

「ああそう、それでどうしたの。ふーん、そうなの」

と相手をしていると、猫は「あん」と顔をくしゃくしゃにして、かわいい声で鳴いて、ごろごろと体をすり寄せてくる。人間にとっては、わけのわからないことなのではあるが、とにかく猫が満足しているのを見て安心したものだった。

お寺のおやじ猫は、飼い主にあまり話を聞いてもらえず、話しかけてももらえない、かわいそうな境遇にいたのだろう。不満がたまっていたところ、たまたま声をかけてくれた人間がいたものだから、それが一気に噴出《ふんしゅつ》したという感じであった。猫の姿は何かに憑《つ》かれたようだった。やっと猫が黙《だま》ったので、話が終わったと判断した私は、

「それじゃ、またね」

といってその場を立ち去ろうとした。すると、ふつうだったら猫は黙って離《はな》れていくのに、その猫はまだ「うにゃうにゃ」と何事《なにごと》かいいながら、追いかけてくる。道路の端《はし》を小走りしながら、私の顔を見上げてどこまでも追いかけてくるのだ。

「また今度、話を聞いてあげるから、今日はさよならね」

といっても、足元でごろごろと喉を鳴らしている。

「あんたも家に帰らなきゃ、だめでしょう」

そういってやっと、猫はお寺に戻《もど》っていった。

猫は猫なりに複雑な感情を持っている。人間のことばは話せないながらも、訴えたいことが山ほどあるに違いない。餌《えさ》はくれるけれど、ただそれだけで誰《だれ》もかまってくれないとなったら、そのおやじ猫のように、異様に喋《しゃべ》りまくることだってありうる。

「いいんだ、いいんだ。もう、いいんだ。どうせ、おれが何をいったって、誰もわかってくれないんだ」

庭の片隅《かたすみ》で猫がふてくされている姿も浮かんできたりして、ちょっとかわいそうだけれど、その反面、おかしさもこみあげてくる。ただ餌をやるだけではなくて、飼い主がもうひとつ賢《かしこ》くなって、猫の気持ちを感じとってやらなければならない。

猫を飼ったことがない人に、こういう話をすると、

「こっちが都合のいいように考えているだけじゃないの」

といわれることもある。

「人間のことばなんか、わからないよ」

という人もいる。しかし犬もそうだが、猫だって人のことばをちゃんと聞きわける。うちのトラに、

「洗濯物《せんたくもの》を干しているとき、雨が降ってきたら教えてちょうだいね。トラちゃん

は、ずっと外で遊んでいるんだから」

と私と母親がふざけていったら、それから二日後、トラが、「にゃおにゃお」と大きな声で鳴きながら帰ってきた。そんな声を出したことがないので、どうしたのかと窓を開けてみたら、ぽつぽつと雨が降ってきたところだった。こちらは、そんなふうにいっても、どうせわからないだろうと思っていたのに、トラはちゃんとことばを理解したのである。

「まあ、えらいねえ。トラちゃんのおかげで、洗濯物が濡《ぬ》れずにすんだわよ。ありがとうね」

と誉めると、「あん」と小さく鳴いて、とってもうれしそうな顔をした。そしてそれから何日か後にも、同じように雨が降ってきたのを教えたが、残念ながらそれ以降は、そういうことはしなくなった。ちょっと記憶能力に問題があるようだったが、私たちは、

「あの子は何をいってもわかるから、迂《う》闊《かつ》なことはいえないわね」

とトラのほうを見ながら噂《うわさ》した。きっとトラは私たちがそういっているのも、知っていたと思うのだ。

『朧月猫《おぼろづきねこ》の草紙《そうし》』は山東京山《さんとうきょうざん》作、歌川国芳《うたがわくによし》画の、猫が主人公の話である。顔だけが猫で首から下が人間という絵が、いっとき流行《はや》った、なめ猫を思いださせて不気味《ぶきみ》ではあるのだが、人間対猫、猫対猫の姿が描いてあって、ふふっと笑いながら読んでしまった。猫対猫の会話というのは、こちらにはわかるわけがないのだが、いかにもこういうことをいっていそうだという会話をしていて、それが笑いを誘《さそ》う。主人公は鰹節問屋《かつおぶしどんや》の主人、又たび屋粉衛門に飼われている、こまという名の雌猫である。家にはこまのほかに、雄のくまと雌のおさんがいた。くまは美人猫のこまを自分の妻だと思っているのだが、こまは隣の家のとらに惚《ほ》れている。自分が作った子供が生まれたものだから、とらがやってきて、

「かわいいなあ」

などといっているところへ、くまがやってきて、とらを間男《まおとこ》よばわりする。そ

こでこまととらは駆《か》け落《お》ちして、それからいろいろな事件が起こるというのがストーリーである。脇役《わきやく》でいろいろな猫も登場するのだが、猫嫌《ぎら》いの隣の主人に叩《たた》かれた腹いせに、鯛《たい》をかっぱらってきて、猫が酒盛《さかも》りをしたりする。米屋で飼われている、優男《やさおとこ》のゆきという雄猫がいたり、いかにも江戸っ子っぽい、べらんめえ口調のぶちやきじというのも登場する。そして酒盛りには、豊三毛という、きれいどころも参加させたりして、芸がこまかい。

猫が人間と話をするとき、もちろん「にゃんにゃん」としか聞こえないのだが、この本には、その「にゃんにゃん」がどういう意味かがちゃんと書いてある。お礼をいったり、弁解したり、人間と同じ感情を持っているのである。

この本を読んで思ったのは、猫好きというのは、何百年前の人であっても、気持ちが同じだということだ。猫が人間を好きになる気持ちよりも、ずっと深くなる。

「犬と狆《ちん》は盗人《ぬすっと》の用心になれども、さのみは役にたゝず。たゞ人に近くして用をなすものは猫にまさりたるものなし」

京山は猫好き丸出しで書いている。どんなに作者たちが猫が好きで、自分たちが楽しんで書いたかが、よくわかる。彼らは猫の気持ちを想像しながら、まるで猫語がすべてわかっているようなつもりで、仕事をしたのだ。きっと本ができあがったときは、

「ほーら、猫の草紙ができたよ」

と飼い猫に見せたに違いない。猫は内心、

(何をやっているんだか)

と思いながらクールな反応を示したはずだ。しかしそんなことにはおかまいなしに、

「これは、よくできた」

と有頂天《うちょうてん》になって喜んでいる、親馬鹿《おやばか》ならぬ猫馬鹿の作者の姿を想像して、また笑いがこみあげてきたのである。

悲恋《ひれん》

人と会うと、どういうわけだか虫のすく奴《やつ》と、すかない奴がでてくる。これは人間に特有のものだと思っていた。ところが動物を飼《か》ってみると、彼らにも虫のすく奴と、すかない奴がいるようなので、驚《おどろ》いたことがある。うちのメス猫のトラにもちゃんと好《この》みがあった。さかりの時期に家の外で、

「おわあ、おわあ」

とオス猫の呼ぶ声がする。すると、

「にゃあ」

と短くぶっきらぼうに返事だけして、知らんぷりしているときと、

「にゃーん」

ととってもかわいい返事をして、ぱっと外に出ていくときがあった。私と母親と弟は、トラの返事の違《ちが》いがいったい何なのかと思い、カーテンの陰《かげ》からそっとのぞいてみた。

そっけなくされたのは、体がものすごく大きく、顔が不細工《ぶさいく》で声が悪い、うちで勝手に「ぶよ」と命名していた猫だった。ころころとしているのならまだかわいいが、ぶよぶよに太っている。それでも性格がよければいいのに、人間にいじめられ続けたのか、ひねくれていた。母親が更生《こうせい》させようと、

「ぶよちゃん、こっちにいらっしゃい」

と何度声をかけても、さーっと逃げていってしまう。お腹《なか》がいっぱいなのかと思っていると、私たちの目を盗《ぬす》んで、テーブルの上の焼き魚をくわえていくのだった。

それを見ていたのか、さだかではないが、トラは「ぶよ」をとても嫌《きら》っていた。

さかりがついた猫でも、手当たりしだい誰《だれ》でもいいというわけではなく、トラは「ぶよ」がいくら、

「おわあ、おわあ」

と甘ったるい声で呼んでも、

「ふん」

とそっぽをむいていた。一方、

「にゃーん」

とかわいい声でお返事していた相手は、近所でも有名な美男猫だったのである。

その猫はオスながら、スタイルの良さからうちでは「コマネチ」と命名していた。すらっとしている白と黒のブチである。顔立ちもキリリとひきしまり、どことなく高貴な雰囲気《ふんいき》を漂《ただよ》わせていた。粗野《そや》が売り物の「ぶよ」と、お坊ちゃん風の「コマネチ」は、明らかに正反対のタイプだった。そしてトラはお坊ちゃん風の「コマネチ」を選んだのである。

トラにすげなくされても、「ぶよ」は熱っぽく、

「おわあ、おわあ」

と呼び続けていた。あまりにしつこいので、トラが嫌がって、私の後ろに隠《かく》れてしまうこともよくあった。

「トラちゃんは、あなたのことが嫌いだっていってるよ。だからあきらめてちょうだい」

「はい、さよならね」

母親と弟は、ただでさえぶすっとした顔の「ぶよ」にいい含《ふく》めていた。トラは、

「あとはよろしくお願いします」

というような態度で、私の背後で小さくなっていた。説得にもかかわらず、相《あい》変《か》わらず「ぶよ」はつきまとっていた。

「いったい、どうなるのかしら」

私たちは興味津々《きょうみしんしん》で、猫の三角関係の成り行きを見守っていた。しかしトラが

「コマネチ」の子供を生んだ直後、「ぶよ」がその子を襲撃《しゅうげき》して殺してしまい、それ以来、「ぶよ」は姿を消してしまったのである。

私の友だちはロスアンゼルスの郊外に住んでいるとき、白い「チャリ」という名の、去勢《きょせい》した猫を飼い始めた。地元の新聞で「子猫あげます」の広告を見て、自転車で貰《もら》い受けにいったので、「チャリ」と命名したのである。まわりが緑に囲まれている場所だったので、「チャリ」は日中は外に出ていた。ところが昼間はのどかでも、夜になるとコヨーテが出てきて、よく猫が襲《おそ》われることがあったので、彼女は夕方になると大声で「チャリ」を呼び、コヨーテの餌食《えじき》にならないように気をつけていたのである。

ある日、いつもと同じように、「チャリ」を呼ぶと、のこのこと草の陰から出てきた。すると、後ろから赤い首輪をつけた、一匹のキジトラの猫がついてきた。このまま放《ほう》っておくわけにはいかないので、彼女は一緒《いっしょ》にその猫も家に連れて帰り、翌朝、

「夜はコヨーテが出るので、外に出さないほうがいいです」

と手紙を書いて、キジトラの赤い首輪にくくりつけ、家に帰してやった。

翌日の朝、玄関のドアを開けると、そこには昨日のキジトラが座っていた。その姿を見ると「チャリ」は走り寄ってきて、顔をこすりつけ、

「グルルン」

と声を出した。するとその猫もうれしそうに、グルグルといい返している。キジトラの首輪には手紙がつけてあった。それは飼い主からのもので、昨日の手紙の御礼《おれい》と、猫が去勢済《ず》みで「エフィ」という名前であることが書かれていた。

「エフィ」は毎日、「チャリ」のところにやってきた。それから二匹は連れ立って、外に遊びにいく。そして夕方になると二匹が仲良く帰ってくるのが習慣になったのだった。

ところが半年ほどたって、彼女は日本に帰らなければならなくなった。「エフィ」の飼い主には、赤い首輪にくくりつけた手紙の伝言で、

「チャリと一緒に日本に帰ることになったので、もうエフィとは遊べなくなりました」

と連絡し、彼女が引っ越したあとに家を借りてくれる友だちにも、赤い首輪をしたキジトラの猫がきたら、よろしくいっておいてといい残して、日本に帰ってきたのである。

その後、ロスアンゼルスの友だちからの電話で、エフィが毎日、玄関の前に座って、「チャリ」を待っていたことを知らされた。

「チャリは日本に帰ったよ」

といっても、毎日、毎日やってくる。結局一か月間通いつめて、「チャリ」が家のなかから出てくるのを、じっと待っていたというのであった。「逢《あ》うは別れの始め」というけれど、猫の世界にも、それなりに哀《かな》しい別れがあるのである。

III

町の猫たち

犬や猫のいる町

引っ越しをすると、私は必ずご近所の犬、猫チェックをするのが、恒例《こうれい》になっているのだが、マンションの九階の今の場所に引っ越したときには、もう、そんなこともできないんじゃないかと、正直いって心配した。二階、三階くらいの高さの部屋ならば、下を向けば地べたが見えるし、行き来する犬、猫の姿も見える。しかしそれ以上の階になると、難しくなると思ったからである。ところがマンションの周囲には、古くからの一戸建てに住んでいる人が多く、犬、猫チェックには、不自由しないことが判明してうれしくなった。

散歩をしてみると、そこここに犬がいるし猫もいる。ハスキー犬を連れている

人が見当たらないのもうれしい。以前、住んでいた所では、いかにも、

「ハスキーを連れてる僕《ぼく》たちって、かっこいいでしょ」

といいたげな間抜《まぬ》け面《づら》をした飼《か》い主《ぬし》が、主人の顔だちよりも立派なハスキー犬を、連れている姿を見ることが多かった。しかしここはそんな流行に踊らされない堅実《けんじつ》な人が多いのか、ほとんどが雑種である。茶色、黒、近頃《ちかごろ》あまり見なくなった、目の上に眉毛《まゆげ》みたいなポッチのついている犬もいる。とにかく血統書よりも、性格のよさで勝負しているような犬ばかりなのである。

裏道を走り回っている猫も、いわゆる駄猫《だびょう》である。首輪をつけている猫、つけていない猫、見るからにノラ丸だしの猫などさまざまだ。そのなかに茶トラの猫がいる。うちの近所の老舗《しにせ》のレストランの裏にいつもいるので、飼い猫が遊びに来ているのかと思っていたのだが、レストランの従業員に対する態度を見ていると、どうもノラみたいなのだ。その茶トラは、栄養価の高い残飯《ざんぱん》をもらっているためか、顔も体もまるまるとしていて、そこいらへんの飼い猫の何倍も毛艶《けづや》がい

い。おまけにみんなにかわいがられているから、性格もおだやかでおっとりしている。初対面のときに私が手を出しても、されるがままで、ぼーっとしていた。そしていつも、のんびりと寝転《ねころ》びながら、目の前を通り過ぎていく人を眺《なが》めているのである。

ところが先日、いつもいる場所に猫がいない。ふと横を見ると、従業員の自転車置き場でぐったりしている。自転車のスポークに、鼻先と両前足を突っ込み、目をとじたままになっているのだ。

「まさか、死んでるんじゃないだろうなあ」

心配になってそばに寄ってみたら、なんと、

「ごーっ」

とまるで地なりのような鼾《いびき》をかいて熟睡《じゅくすい》していた。とんでもなく無防備な奴《やっ》でもあるのだ。

あるとき、レストランの制服を着た、まだ二十歳前とおぼしき男性が、店の裏

から出てきた。そして小さな箱の上で寝ていた茶トラの姿を見るなり、小走りにかけ寄りながら、

「○○ちゃーん」

と、猫の名前らしきものを呼んで、ぎゅーっと抱きしめた。そんなことをされても、猫は嫌《いや》がるふうでもなく、

「ふにゃー」

とうれしそうな顔をしながら、されるがままである。彼は猫の耳元で、ぶつぶつ何ごとかいっていた。そのたびに猫は相槌《あいづち》をうつように、「ふにゃ」「うにゃ」と声を上げている。もしかしたら彼は、とんでもない失敗をしてしまって、猫に辛《つら》い思いを訴《うった》えていたのかもしれないし、うれしいことがあったので、猫に報告したのかもしれない。それは私にはわからないが、彼はいつまでも猫を抱《だ》っこして、頬《ほお》ずりをしていたのだった。

そしてそんな心温まる姿を、道路を隔《へだ》てた生《い》け垣《がき》のなかからじーっと見ている

のが、黒と白のブチ猫である。この猫はまるで、安芸乃島《あきのしま》がにゃーにゃーと鳴きながら、そこいらへんをかけずりまわっているのではないかと思うくらい、関取《せきとり》にウリふたつだ。このブチは飼い猫なのだが、観察していると、どうも愛情に飢《う》えている気配がある。たびたび茶トラに、従業員にかわいがられている姿を見せつけられて面白くないのか、この二匹は仲が悪い。どちらかが近づくと、もう一匹がふっとその場を立ち去る。面とむかって喧嘩《けんか》をすることはないのだが、お互《たが》いあまり関《かか》わりあいたくないようなのだ。近所に住んでいるんだから、仲よくすればいいのにと思うのだが、猫には猫なりの交際術があるらしい。

ブチは自分の気持ちをまぎらわすために、どうするかというと、家の前を通る人に声をかけてすり寄り、お腹《なか》をさすってもらう。が、問題はすり寄っていくのが、十代、二十代のそれもかわいい女の子だけ。だから当然、私にはすり寄ってこない。

「あの子はどうかな」

と、ブチの前を通る女の子を見ているが、なかなかブチの審美眼《しんびがん》は厳《きび》しく、平均的顔面の女の子が頭をなでようとすると、すっと逃げる。ところがかわいい女の子だと、たとえ彼が隣《となり》にいても、それをものともせずに、

「にゃーん」

と甘えた声を出してすり寄っていく。自分にはないものを求めるというのは、人と猫の間でもありうることのようだ。声をかけられた女の子は、にっこり笑ってしゃがんでブチの頭をなでてやる。するとごろりとあおむけになり、今度はお腹をさすってくれと催促《さいそく》する始末なのだ。通り過ぎる人たちは、みんなブチの格好を見て笑う。そしてその横を飼い主に連れられた犬が通り、

「何だ、ありゃ」

といいたげに、何度もふりかえって見ている。ここは特別、お洒落《しゃれ》な建物も店もない町だが、私は普通の犬や猫がいればそれでいい。私はこの町がとても気にいっている。

わが心の町

私の友だちがのら猫に餌《えさ》をやっている。八か月ほど前、彼女がある家の前を通りかかったら、一匹の小さな猫がミーミー鳴きながら追いかけてきた。よく見たら、まだ子供なのに妊娠《にんしん》しているのだ。猫を飼《か》った経験のある彼女が、体を撫《な》でてやったりしていると、その家の奥さんが出てきた。

「のらなんです。飼いたいんだけど、うちにも猫がいるし、だから御飯《ごはん》だけあげているの」

そのうち、猫は子供を産んだ。以前、別ののら猫が子供を産んだのだが、奥さんのお向かいの家が猫が嫌いで、みんなつかまえて保健所に持っていった。ゴミ袋を荒らさないようにさせるには、餌をやってそのあとをきちんと掃除するしかない。奥さんが掃除もやってくれるというので、友だちは餌やりを手伝うことにしたのである。

彼女が仕事でやれないときは、私が代理である。夕方、奥さんが餌をやって、友だちが夜中にやる。餌をもらうのはミーミー鳴いていた母猫、その母親のおばあちゃん猫、そして二匹の子供である。すぐ向かいの家から苦情がきた。猫が増えて迷惑だというのである。その家では犬は飼っているから、動物全部が嫌いではないらしい。友だちや私はその家から離《はな》れているからまだしも、猫の世話をしている奥さんは、なかなか辛《つら》い立場におかれているのだった。

あるとき奥さんから、近所からいろいろといわれているし、かわいそうだけど母猫とその母親を避妊《ひにん》手術しようと思うと相談された。子供たちは二匹とも雄《おす》だった。雌《めす》猫の手術は大変で、お金もかかる。私は去勢《きょせい》はともかく、雌を手術するのは抵抗があったが、奥さんの負担が軽減すればと、お金を出し合って手術を受けさせたのである。

奥さんと友だちと私が病院に引取りに行くと、猫たちはいつもはとってもおとなしいのに、獣医《じゅうい》さんに歯をむいて怒《おこ》っていた。自然に皮膚《ひふ》にとけこむ糸を使ってくれたのと、思ったよりもずっと傷口が小さかったので、私はちょっと安心した。いつもいる場所に戻《もど》してやると、どこからか子供二匹がものすごい勢いで走り寄ってきて、母親とおばあちゃんに顔や体をすりつけて喜んでいる。それを見ていて、私はいつか人間は罰《ばち》があたると思った。動物が嫌いな人に、好きになれといっても無理だ。しかし人間の勝手で、去勢やら避妊をしていいんだろうかという気持ちも正直いって、ある。猫嫌いの家は手術をしたと話したら、納得《なっとく》してくれたそうだ。それを考えると、猫の体にメスをいれるしかないのかと悩《なや》むのだ。

私の理想の町は、のら猫やのら犬が、ひょこひょこと歩いている町である。特別かわいがられるでも、いじめられるでもなく、ごく普通にそこにいる。しかし現実の世の中は、所属がわからない人や動物に対して、とても冷たくなってきているし、そのうちこれが理想どころか、幻《まぼろし》の町になってしまうのではないかと、暗澹《あんたん》たる気持ちになるのだ。

あんちゃんのこと

私は毎日の散歩のときにいつも会う、どどーんとした雄《おす》ネコに、勝手に「あんちゃん」と名前をつけて、顔を見るたびに、

「あんちゃん、元気？」

と声をかけている。和ネコで全体は白いのだが、おでこの部分だけ前髪みたいに黒い毛がある。顔もとても美形とはいい難《がた》い不細《ぶさい》工系なのだが、そこがまたいいのである。

あんちゃんはいつも近所のお鮨屋《すしや》さんで御飯《ごはん》をもらっていて、食事の中身はとても豪勢《ごうせい》なのである。彼はとても社交的だ。知り合ったときも、向こうから声を

かけてきたのだ。夏の日、散歩をしていると、近いところで、

「んにゃー」

とネコが鳴いた。声のするほうを見たら、車の下の影になったところで、白い太ったネコがうずくまり、私の顔を見て、

「にゃーん」

と鳴く。いかにもけだるそうに鳴くので、

「あんたは毛だらけだから、暑いよねえ。大変だねえ」

と相手をすると、目をぱちぱちさせながら、また、

「んにゃーん」

と鳴いた。そのネコの顔を見たとたんに、

「あんちゃん」

と名前が頭に浮かんでしまったのであった。彼は人間を全《まった》く怖《こわ》がらないし、とても性格がいい。ショッピングカートを引いた初老の御婦人に声をかけ、路上で

ずっと何事《なにごと》か語《かた》り合っているときもあるのだ。

あるときそれほど高くないブロック塀《べい》の上に、あんちゃんがだらーっと脱力して寝ているのを見た。人通りがあるのに全く警戒していない。それを見た小学校の三、四年くらいの男女をとりまぜて五人の子たちが、

「あ、ネコだ」

とあんちゃんに走り寄った。

「さわりたいなあ」

一人の子がつぶやくと、「私も」「おれも」と大騒《おおさわ》ぎになった。すると男の子が、

「ネコや犬をさわるときには、ちゃんと『さわらせてください』っていわなくちゃいけないんだって。お母さんがいってた」

といった。子供たちは彼の言葉にうなずき、あんちゃんの前に一列に並び、声を揃《そろ》えて、

「肉球《にくきゅう》、さわらせてください」

と叫《さけ》んだ。あんちゃんはむっくりと体を起こした。不細工な顔で目をしばしばさせているところを見ると、寝ぼけているらしい。それを見た子供たちはまた、

「肉球、さわらせてくださいっ」

と叫んだ。ところがあんちゃんは、まただらりと塀の上に寝てしまった。子供たちはじっと見ていたが、一人の男の子が待ちきれず、

「よーし、さわっちゃえーっ」

といったのをきっかけにして、彼らはわーっと声を上げて、よってたかって、あんちゃんの体をさわりはじめた。

「わあ、やわらかーい」

「肉球、こんなふうになってる」

子供たちは口々に声をあげている。そのなかであんちゃんは、逃げもせずに目をじっと閉じ、口を真《ま》一文字《いちもんじ》に結んだまま、横たわっているだけ。

ひとしきりさわって満足した彼らは、

「ばいばーい」

と手を振《ふ》って行ってしまった。あんちゃんはそのときに薄目《うすめ》を開けて、ちょっとだけ体を起こしたが、ふうっと大きなため息をつき、体中から「やれやれ」という雰囲気《ふんいき》を発散させて、また寝てしまったのだった。

社交的で心の広いあんちゃんの姿は私をなごませてくれる。先日買った、東京の散歩ガイドの本にもイラストで載《の》っていて、思わず、

「あっ、あんちゃんだ」

と大喜びしてしまった。きっとイラストレーターの人が歩いているときに、愛想をふりまいたのだろう。見かけはうす汚《よご》れていて不細工であるが、彼の姿を見ているだけで心がなごむ。彼は私の大切な心の友なのである。

天国への道のりは辛《つら》い？

ビーのもと飼《か》い主《ぬし》のアリヅカさんと、現飼い主のモリタさんは、共同で別荘を持っている。敷地《しきち》三百坪《つぼ》の大きくて立派な別荘である。私もたびたび遊びに行かせてもらったが、空気が澄《す》み静かなので、東京にいるときよりも、とても落ち着く。東京にいるときは自覚がないのだが、そこで寝起きしていると熟睡《じゅくすい》できるし、東京では知らず知らずのうちに、疲労をためていることに、気づかされるのである。

私たちが一緒《いっしょ》に行くときは、ビーも一緒に別荘で過ごす。しかし別荘に着くまでが大変なのだ。ビーは車が大嫌いである。ケージを見せると、その中に入れられて車に乗せられるとインプットされているらしく、逃げていってしまう。

「あんた、一人で留守番《るすばん》してるの。そんなことできないでしょ」

モリタさんに叱《しか》られて、部屋の隅《すみ》っこやベッドの下でうずくまっているのを発見され、ひきずり出されて、ケージに入れられる。

「あーあ、これからまたはじまるのね」

そうため息をつきながら、アリヅカさんはハンドルを握《にぎ》る。これが別荘行きの毎度のパターンなのである。

いちばん最初に別荘に行くことになったとき、モリタさんから、

「とにかくすごいから、覚悟《かくご》しててね」

といわれていた。

「覚悟するって何だろう」

と思っていたのだが、それがビーの鳴き声だとわかったのは、走りはじめて十分くらいたってからのことだった。乗ってすぐは小さな声で、

「にゃ、にゃ」

と心細そうに鳴くだけである。私の隣《となり》にケージを置いて様子を見ていると、中でうずくまっている。ところがその声がだんだん大きくなり、高速道路に入ったとたん、ビーの声ががらっと変わった。

「おーわあー、おーわあー」

とずーっと鳴き続ける。喉《のど》の奥から絞《しぼ》り出した暗い声である。

「とうとうはじまった……」

「うるさいよ。静かにしていなさい」

アリヅカさんとモリタさんに怒られても、

「おーわあー、おーわあー」

は延々と続く。よくもまあ飽《あ》きないものだといいたくなるくらい、鳴きっぱなしなのだ。

アリヅカさんが、

「トンネルに入ると、また一段とうるさくなるのよ」

という。その通り、ビーはひときわ大きい声で、

「うーにゃあー、うーにゃあー」

と叫《さけ》びはじめたのである。

「もう、うるさいったら、うるさい。耳が痛くなる」

モリタさんが助手席から振《ふ》り返《かえ》っていっても、ビーには何も聞こえない。ただ
ただ必死に、

「うーにゃあー、うーにゃあー」

と叫び続ける。やっとトンネルを抜けると、トーンは一段下がるのであるが、
また、

「おーわあー、おーわあー」

がはじまるのだった。

「ビーちゃん、大丈夫だから、おとなしくしていようね」

と声をかけると、運転席と助手席の二人は、

「だめだめ、甘やかすとすぐお調子に乗って、ますます鳴くのよ」

と顔をしかめた。

「車に乗っているよりも、ずーっと二時間鳴き続けることのほうが大変じゃないの」

そういいながらビーの顔をのぞき込むと、ビーの目はふだんとは違《ちが》っていた。

「全《まった》く、余裕《よゆう》がありません！」

という顔になっている。そして次に、前足の爪《つめ》を噛《か》みはじめた。それはいつもやるように、爪のお手入れというような、生易《なまやさ》しいものではなく、噛みちぎっているといった迫力ある姿だった。

「あっ、爪を噛みはじめた」

モリタさんが振り返ってつぶやくと、アリヅカさんは、

「えーっ」

とまた呆《あき》れていた。

以前、歯石をとったときも、獣医《じゅうい》さんのケージの中で前足が血だらけになっていたし、別荘に来たときも、ケージから出そうとすると、下に敷《し》いていたタオルに血がついている。アリヅカさんがびっくりしてとびのき、よくよく見たら、ビーが前足から出血するほど、爪を噛んでいたのであった。

「びっくりしちゃった。置き去りにしたわけじゃないし、まさかそこまでしていると思わないから」

ビーは自分のことをいわれているので、耳をアリヅカさんの方向へ向けているものの、いらついたように爪を噛み続けている。

「まだ、血は出てないみたいだけど」

私がそういうと、

「もう知らない。いちいち気にするのも面倒になった」

二人は申し合わせたように、ため息をついた。そしてビーはといえば、

「おーわあー、おーわあー」

を続けながら、爪を噛むというダブルパンチで、車内の私たちを困惑させたのである。

「うるさいから、音楽でもかけちゃおう」

アリヅカさんがそういって、沖縄民謡《おきなわみんよう》のカセットをかけた。ネーネーズの歌の合間に、

「おーわあー」

という合いの手が入る。間が悪く、トンネルに入ると、一段上のテンポの早い、

「うーにゃー、うーにゃー」

になる。

「ネーネーズも迷惑よね、こんな猫の合いの手じゃ」

モリタさんは振り返ってビーを見ながら、

「どうしてこうなのかねえ。他の猫はおとなしくしてるのに」

といった。ビーが大好きなおとちゃんは、車に乗ったとたんに、ケージの中に入れられ、車が走りだすと、くーくー寝てしまうという。

「そのほうが体力温存でいいんだよ。どうしてあんたは年寄りのくせに、自分の体力を使い、人の体力まで奪《うば》うようなことをするのかしらね」

でもビーは、

「とにかく、早く降ろしてくれぇ」

という感じなのである。

高速道路を降りると、少しは落ち着いたようで、ビーの声はしゅーっと小さくなった。

「はあーっ」

ビーの安堵《あんど》のため息と同じぐらい、私たちも安堵のため息をついた。そして、一般道を走って約十五分、別荘に到着した。約二時間半のドライブだった。まずビーを降ろし、ケージを開けてやると、さっきまで鳴きわめいていたのがウソのように、うーんと背伸びをして、三十畳のリビングの中を歩きはじめた。そして私たちが車から荷物を降ろしている間も、ビーは尻尾《しっぽ》を立てて各部屋を点検し、あちらこちらの匂《にお》いをかいでいた。

ビーは東京にいるときは、ものすごく甘ったれの抱《だ》っこ仮面である。人のあとをくっついて歩いている。しかしここに来るとそうではない。突然、野生に戻《もど》ったようになるのだ。たとえばソファに座っていて、ビーが足元にやってきたので、東京にいるときと同じように抱っこしようとすると、身をよじって逃げる。もがいて逃げる。とにかく抱っこされるのをとても嫌《いや》がるようになるのだ。それよりも一匹で勝手に部屋の中を歩き回り、走ったり遊んだりしている。まるで人がそばにいないかのようである。ふだんは人がいるところをうろうろしているのに、別荘ではたびたび、

「あら、ビーはどこにいったの?」

と探《さが》すことも多い。あの甘ったれのお坊っちゃんが、別荘にいると自立した猫

になってしまうのだった。

そういうビーの姿を見ながら、

「私たちもここに来ると、テレビを見たり、音楽を聞かなくても、景色《けしき》を見て過ごせちゃったりするじゃない。だからビーももしかしたら、東京ではストレスがたまっていて、それを発散させているのかもしれないね」

と話したりした。

「東京でのストレスもそうだし、途中、車の中でのものすごいストレスもあるしね。それから解放されるのは、相当に気持ちがいいんじゃないの」

モリタさんはいった。

「そうなの？　ビー。あんたの頭にストレスなんていう認識はあるのかしらねえ」

アリヅカさんがビーに声をかけると、ちらりとこっちを見たが、ぷいっと横を向いて、自分のトイレが置いてある洗面所の方へ歩いていってしまった。

「まあ、生意気な。どうしてあんな態度なのかしらね。あなたが飼いはじめてから、あんなふうになったのよ。私が飼っていたころは……」

「はいはい、軍隊方式で絶対服従だったのね、どうもすいませんです」

モリタさんは頭を下げた。ビーは用を足したのか、ドアを体で押して姿を現した。

実はそのドアには、ビーのために出入りできるような蓋《ふた》つきの穴を開けていた。両側からぱたんと閉まるようになった蓋つきの物である。冬は雪も多いし、寒い場所なので、いくら床暖房と暖炉《だんろ》があるからといっても、ビーのためにドアを開《あ》け放《はな》しておくわけにはいかない。特に洗面所やトイレ、風呂場《ふろば》がある場所なので、そこから冷たい空気が流れ込んでくるのだ。わざわざ大工さんに来てもらって、ビー専用の出入り口を作ってもらったのに、そこをビーは使おうとしないのである。

「これからはここを通るのよっていったでしょ。わかってるの？」

アリヅカさんがビーを抱いて、ドアの向こう側に行き、なんとか出入り口からこちらに来させようとしても、ビーはその前でへたりこんでいるだけ。モリタさんと私が、蓋を開けて、

「おいで」

と呼んでも、ビーは、

「にゃあ」

と鳴いたままうずくまっている。しばらく出入り口に慣れさせようとしたが、ための長いビーは石みたいに動かなかったのである。

「ああ、もう、やだ。あんたには付き合いきれない」

アリヅカさんがドアを開けてこちらへ来ると、ビーも素早《すばや》くその後をくっついてこちらに戻ってきた。そして床にごろりと横になり、ぺろぺろと体を舐《な》めている。

「いいねえ、あんたは気楽で」

モリタさんも呆れ返った様子である。

「ビーちゃん、もう一度やってごらん」

私が出入り口のところにへたりこんで、ぱたぱたと蓋を動かして見せても、動こうとしない。それどころか、ぽわーっと大あくびをした。

「ま、あんた、とんでもないわね。何なのその態度は」

モリタさんが怒って、お尻をぱちっと叩《たた》いた。するとビーは、

「うえええええ」

と不満そうな声を出した。

「あんたが悪いんでしょ」

また怒られると、

「うえええ」

と少し小さな声になって、そそくさと立ち去った。

「甘やかすと、どんどんつけあがるよ」

アリヅカさんはそういって苦笑《にがわら》いした。

「出入りしなくても、冬になったらドアを閉めちゃうもん。トイレは向こう側にあるから、あそこから出入りしなければ、おしっこもできなくなるし。いくらわあわあ鳴いたって、開けてやるもんですか」

モリタさんは本気で怒っているようだった。

「ビーちゃん、聞いてるの」

私が声をかけても、知らんぷりをしていた。

「放《ほう》っておけばいいわ」

アリヅカさんとモリタさんはきっぱりといった。そして別荘では、ビーは文字通り放っておかれたいようで、私たちと接点を持とうとしなかった。いつもは必ず膝《ひざ》に乗ったりするのに、別荘ではほとんどそういうことがないのである。

夏になると緑の多い別荘では、たくさんの虫が発生する。甲虫《こうちゅう》あり、羽虫《はむし》あり、ものすごい数だ。もちろん網戸はあるのだが、どういうわけか隙間《すきま》を見つけて、それらの虫が室内に入ってくる。それを見て大喜びするのがビーなのである。東京にいるときも、ビーは虫を見つけると、つかまえるまでその場を離《はな》れない。たとえば羽虫が飛んでいたりすると、宙を見たまま、

「うにゃにゃにゃにゃ」

と小声で鳴く。

「ビーちゃん、ほら、虫が飛んでるよ」

と声をかけると、

「うにゃにゃにゃ」

とふだんは出さない声で鳴きながら、目は虫に釘付《くぎづ》けになっている。そしてそばで私たちが、

「がんばってえ、がんばってえ」

と声援すると、張り切って虫を追いかける。そして年寄りだというのにジャンプをして、うまいことつかまえたりするのだ。

「わあ、すごーい、ビーちゃん、えらいねえ、すごいねえ」

ぱちぱちと拍手をすると、ビーは大得意になって、鼻の穴がこれ以上、広がらないというくらい、おっぴろがるのだった。

東京でさえ虫を見てそうなのだから、別荘での無数の虫を見ると大変である。どの虫を採《と》ってやろうかと、目移りしている。

「ビーちゃん、がんばって」

そう声をかけると、

「うにゃにゃにゃ」

といいながら、狙《ねら》いを定める。私たちもどうなることやらと眺《なが》めているのだが、例のごとくビーはためが長いので、私たちはそのうち飽きてきて、おのおの勝手なことをはじめる。そして忘れたころに、ビーが鼻の穴を広げ、口にくわえた虫を見せにくるのだった。

「わあ、すごいねえ」

とりあえずは誉《ほ》めてやるが、正直いって私たちはもうビーの捕獲《ほかく》作戦には関心がなくなっている。それでも気のいいビーは、私たちに誉められるとってもうれしいらしく、うきうきと室内を歩いているのであった。

夏、別荘に行ったとき、たくさんの甲虫が歩いたり飛んだりしているのを見て、

「去年はこんなふうじゃなかったのに」

といいながら、モリタさんが網戸を閉め直したが、すでに何匹かの甲虫が床の上を歩いていた。中にはどうやって入ったのか、大きい甲虫もいる。

「ビーちゃん、みんなつかまえてね」

モリタさんがそういう前から、ビーの目はらんらんと輝《かがや》いている。そして虫を追い、どたばたと走り回っていた。

やっと騒《さわ》ぎもすみ、ビーは床の上に長くなってくつろいでいる。

「あら、虫はどうしたの」

そういうと、尻尾をぱたぱたさせた。

「逃げられちゃった。つかまえられなかったの?」

モリタさんが聞くと、ビーは目をぱちぱちさせながら、黙《だま》っている。

「年寄りだから失敗したのかしら。虫はあんなにたくさんいたのに。困ったねえ、このまま大好きな虫採りもできなくなるのかねえ」

ビーの態度は全く変わらなかった。

翌日、モリタさんが台所で、

「ああっ」

と大声を上げた。行ってみると台所の隅にビーの餌《えさ》が置いてある場所で固まっている。足元にはビーがいて、餌を食べている途中であった。

「どうしたの」

と聞くと、ビーのお尻を指さしながら、

「何か出てる……」

という。そーっと見てみたら、ビーのお尻の穴から、甲虫の脚《あし》らしきものがにょきっと出ているではないか。

「何だ、これは」

私たちは一瞬《いっしゅん》、目が点になったが、げらげら笑いだしてしまった。昨晩、虫をつかまえて食べたはいいが、消化しきれないまま出てきてしまったらしい。

「やだねえ、年寄りだから尻の穴の締《し》まりも悪くなっちゃって」

モリタさんが笑いながら涙《なみだ》を拭《ふ》いた。

「本当にいやよ、そういうの」

アリヅカさんは苦笑いである。一方、ビーは、自分の尻の穴から虫の脚が出ているのを気づいているのかいないのか、みんなの注目を浴びてとってもうれしかったらしく、鼻の穴を広げてまたまた大得意になっていた。別荘に行けば天国の気分のビーだが、その途中はとても辛い。

「あんたは楽ちんな人生を歩んでいるんだから、たまには人生は厳《きび》しいということを思い知りなさい」

アリヅカさんに叱られても、ビーは別荘にいるときだけは、

「知らないよ」

というような大きな態度で、のびのびしているのだった。

犬猫チェック

九月にタイのプーケット島に行ったとき、海でぷかぷか浮くのも目的だが、地元の犬や猫を見るのも、楽しみのひとつにしていた。

「暑いところは、だいたい犬がメインになっちゃうよね」

同行した友だちが機内でいった。たしかに温暖《おんだん》な場所は猫の天国だが、暑くて湿気の多い地域は猫にはきつそうだ。私は以前、バリ島に行った友だちから、バリ島の犬はどことなく人を疑《うたが》っている目をしているといわれたこともあり、プーケット島の犬や猫には、あまり期待しないほうがいいかもしれないと、思ったりもしたのであった。

トランジットも含《ふく》めて八時間、プーケット島に着いたのは天気の悪い夕刻だった。犬や猫はいるかとホテルに向かう車の窓から見ていたが、犬や猫よりも牛のほうが目立つ。

「やっぱりアジアだねえ」

誰《だれ》かがつぶやいた。私は何で「アジアだねえ」なのかよくわからなかったが、何となく、

「そうだねえ」

といいながらうなずいていた。

ホテルに着いてみたら、そこはヤモリの天国であった。白いヤモリがそこここにいて、歩いていくとささっと逃げる。牛とヤモリしかいないのかと思っていたら、浜辺に住んでいるかわいい犬の家族がいて、私たちの心はとてもなごんだ。

しかし犬よりも猫好きの私たちは、

「やっぱり猫を見なければ、納得《なっとく》できないよね」

といいながら、どこかに出かけると目を皿のようにして、猫チェックに励《はげ》んでいたのである。

私たちが泊まっていたホテルは、島の南側にあるとっても静かな所だ。繁華街《はんかがい》に出るにも車で二十分ほどかかる。たまには盛り場《さかりば》にも出ようということになり、島から五十分ほどのパトンビーチまで行ってみた。店もたくさん立ち並び、いかにも観光地という感じなのだが、海は汚《きたな》くて波が荒く、私たちはがっくりした。人の多さにも疲れた。そこにはたくさんの犬がいたのだが、どの犬もとっても不幸そうで、それを見て疲れが倍増してしまったのである。

どの犬も吠《ほ》えることなく、店の軒下《のきした》や道路に座っている。近寄ると、はたはたと尻尾《しっぽ》を振《ふ》るものの、力がない。

「ほんとーに、ぼくたちは不幸なんです」

悲しげな目つきで訴《うった》えるのである。できれば、よしよしと頭のひとつも撫《な》でてやりたいところなのだが、犬のほとんどは皮膚《ひふ》病にかかっていて、気軽に触《さわ》れない状態なのだ。一匹が病気になって、どんどんうつっていったらしい。なかには病気がすすんで、体中がボロ雑巾《ぞうきん》みたいになっている犬もいて、

「誰か病院に連れていってやらないのか」

といいたくなった。

犬が悲しい目つきをして力がないのと正反対に、毛並みがきれいでつやつやしているのが猫だった。外にいるのに、まるで室内にいる猫のようにきれいなのだ。おまけに人にかわいがられているようで、顔だちもかわいらしく、人なつっこい。同じ地域に住んでいながら、どうして犬とあれだけ目つきが違《ちが》うのか、不思議《ふしぎ》なくらいであった。

そのあと、プーケットタウンに、魚介類がおいしいレストランがあるというので、行ってみた。看板に漢字で「普吉」と書いてある。普吉さんという人が経営しているのかと思ったら、漢字でプーケットのことをこう書くのだった。レストランの入り口には捕《と》れたての魚、エビ、カニがどーんと置いてあって、好きなも

のを選んで料理をしてもらえる。屋根だけがあるテラスで、私たちはトムヤムクンや、シーフードを次々に消化していった。

そのとき隣《となり》のテーブルで、食事をしていた白人の女性が、キャッと声をあげた。どうしたのかと見ると、テーブルの下から猫が走りでてきた。

「あっ、猫だ」

もちろん私たちの目は猫に釘《くぎ》づけである。そしてよくよく見ると、隣のテーブルの下には四匹の猫がおとなしく座っていて、おこぼれにあずかろうとしているのであった。どの猫も毛並みがきれいで、とってもかわいい顔立ちをしている。テーブルの下から逃げてきた猫は、私の足元に座った。別に脚《あし》にまとわりつくわけでもなく、鳴きわめくこともなく、ただじっとお座りしている。その姿を見ると、ついつい自分の分をわけてやりたくなるのだ。

しばらくして隣では期待できないと思った猫たちが、こちらに場所を変えてきた。ひとっところにかたまらないで、それぞれちゃんと縄張《なわば》りを決めているところが、なかなか賢《かしこ》い。タイの料理は香辛料《こうしんりょう》がきついものがあるので、そのままやると体に悪いと思い、私たちはソースを取り除いて猫にやった。ところが舌が肥《こ》えているのか、イカやタコは喜ばず、カニやエビをむさぼり食う。ウエイターの若い男の子が、

「足元に座った猫の名前は、ノムチャイだよ」

と教えてくれた。ためしに「ノムチャイ」と呼んでみたら、私の顔を見上げて、ニャーニャーと鳴きはじめた。そうなると情が移って、好きなカニをやってしまう。それを見たウエイターが、紙に魚の絵を描《か》いてきて、ノムチャイの口元に持っていったりしたが、まったく関心を示さず、ひくひくと鼻の穴を動かしていた。

私が目にした限り、タイの猫は幸せ者だった。かわいそうなのは犬だ。犬と猫でどうしてあれだけ待遇《たいぐう》が違うのだろうか。日本に帰ってきて、島で写した写真を見ながら、私たちは猫の写真を見ては「かわいかったねえ」と目を細め、犬の

写真を見ては「ひどいよねえ」とため息をつき、タイでの犬猫チェックを反芻《はんすう》したのだった。

IV

猫の人生

うずまき猫の行方《ゆくえ》

飼《か》っていた動物が忽然《こつぜん》と姿を消してしまうのはとても悲しいことである。去年の夏のことだったが、町内のいたるところに一夜にしてすごい枚数の張り紙が出現したことがあった。電信柱、塀《へい》、銭湯《せんとう》やスーパーマーケット、コンビニエンス・ストアの入り口にまで、人が集まると思われる場所全部にその紙は貼《は》られていた。いったいなんだろうとそばに寄ってみると、それは、

「うちのチビちゃんをさがしてください」

という、失踪《しっそう》した猫捜《さが》しの紙だった。週刊誌を開いたくらいの大きさの紙には、子供の手による、お腹《なか》の部分に大きなうずまき模様《もよう》があるチビちゃんの似顔絵が

描《か》いてあった。そして絵の下には、

「おなかのところの、うずまきもようがとくちょうです」

と添《そ》え書きがしてあった。連絡先《れんらくさき》などとともに、

「みつけてくださったかたには、おれいをします！」

と書いてあるところが泣かせる。きっと散歩かなんかに行っているのだろうと思っていたチビちゃんが、いつまでたっても帰ってこないので、飼い主一家が真《ま》っ青《さお》になって町内に張り紙をしたに違《ちが》いない。子供が半泣きになりながら一所懸《いっしょけん》命《めい》チビちゃんの似顔絵を描いたのかと思うと、自分には関係ないことながら、

「無事に帰ってくればいいのに」

と何となく気になっていたのだ。

それから一か月のあいだ、この「うずまき猫」のことが、あちらこちらで話題になっていた。顔見知りの毛糸屋さんは、

「うずまき猫の張り紙見た？　あれだけ特徴《とくちょう》があればすぐわかりそうなのにね」

といい、魚屋のおばさんは、

「あたしも気をつけてるんだけどねえ。似てるのはよく見るけど、お腹にうずまきがないいんだよ」

と悔《くや》しそうにいった。なかには、

「ねえ、ねえ、御礼《おれい》っていったいいなんだろうね」

などとうずまき猫の行方を心配するより、何がもらえるかを楽しみにしている不謹慎《ふきんしん》な人もいた。人それぞれであったが、とりあえずあの張り紙は町内の人々に「うずまき猫のチビがいなくなった」という事実を知らしめるのには成功したのである。

猫を飼っていると、いつも行方不明の恐怖《きょうふ》と背中合わせである。私の家でもトラというメス猫が一日でも帰ってこないと、何かあったんじゃないかと気を揉《も》んだものだ。「大丈夫」と信じながらも「もしや……」という不吉な思いも捨て切れない。寝る気にもなれずに悶々《もんもん》としているところへ、

「フニャー」

と、間抜《まぬ》けた声で鳴きながら帰ってくると、

「ああ、よかった」

と心底ホッとする。しかしそのあとだんだん腹が立って、張り倒したくなってくるのだ。連絡もなく外泊するというふしだらが許せない質《たち》の母親はそのたびに激怒《げきど》し、トラを目の前にきちんとお座《すわ》りさせて、

「どこをほっつき歩いていたの！　みんなが心配したのよ。そんな子は許しませんよ」

とお説教した。ちゃんと帰ると思って、私たちが御飯《ごはん》を作ってあげているのだから、その苦労を考えろ。それに夜遅くまで、ほっつき歩いていると、猫さらいにさらわれて三味線《しゃみせん》にされちゃうんだからと、トラがびっくりするようなことばを並べたてた。それにトラはじっとうつむいて耐《た》えていたのだ。

「何かいいたいことがあったら、いってみなさい！」

トラは上目遣《うわめづか》いにして小さなかすれ声で、

「ミャー」

と鳴いた。

「まあまあ、トラにはトラの理由があるんだから」

と、私と弟がとりなして、一件落着《らくちゃく》するのだが、自分でそういったのにもかかわらず、猫がいなくなる理由は、私には当然わからなかったわけである。

それから七、八年たって、トラも歳《とし》をとって、寝てばかりいるようになった。それなのにまた姿を消した。母親はそのときは怒《おこ》らず、

「猫は飼い主に自分の死ぬ姿を見せないから、きっと死ぬ場所を捜しにいったのよ」

といった。二日後にトラは夜中に帰ってきたが、きちんとお座りしたまま、じーっとしていた。私たちが水を飲ませてやりながら、

「トラちゃん、元気でね」

などというのを聞いていたが、十分程《ほど》してすっと立ち上がるとどこかに行ってしまった。それ以来、家には戻《もど》ってくることはなかったのだった。

友だちの飼い猫のなかにも、まだ寿命《じゅみょう》ではないはずなのに行方不明になったたま、いつまでたっても帰ってこないのがたくさんいる。知り合いの男性は、三日間帰ってこない猫を、

「長介、長介」

と名を呼びながら町内を捜しまわった。それを見て最初は、

「長介だって。変なの」

と笑って見ていた小学生も、しまいには、

「僕たちも捜してあげる」

といって、一緒《いっしょ》に公園や野原に行って「長介」と連呼してくれた。しかし長介は八年たった今でも戻っていないのだ。

「いったい猫はどこに行くんでしょうね」

と、ある女性にこの話をしたことがある。すると彼女は、子供の頃《ころ》にお婆《ばあ》さんから、

「忽然と姿を消した猫は、みんな木曾《きそ》の御岳《おんたけ》に登って修行《しゅぎょう》をしている」

という話を聞いたといった。日常の行《おこな》い、立居《たちい》振舞《ふるま》いに関して「自分は未熟《みじゅく》だ」と反省した猫は、悟《さと》りをひらくまで御岳を下りないのだそうである。

「だからあなたの家の猫も、お友だちの猫も死んだのじゃないわよ」

と慰《なぐさ》めてくれたのだが、きっと昔《むかし》の人はかわいがっていた猫がいなくなったとき、そういういい伝えを信じて、ショックに耐えていたのだろうと思う。

うちのトラは未《いま》だに家に帰ってこないから、まだまだ修行に励《はげ》んでいるようだが、例のうずまき猫は修行を終えて、二か月後、帰ってきた。そのとき捜索《そうさく》願いが貼られたところと同じ場所に、

「うちのチビがもどりました。ありがとうございました」

という張り紙が貼られ、町内の人々はまたしばらくの間、「うずまき猫無事帰

宅」の話題に花を咲かせたのである。

男の責任

十年前にうちで飼《か》っていたメス猫トラは三回お産をしたが、父親であるのら猫のクロが、生まれた子に会いにきた姿など見たことがない。発情期にトラのまわりをうろうろしていたので、気にはしていたのだが、

「トラもまんざらじゃなさそうだし、結構美男だし、ま、いいか」

と私たちは結婚を認めたのである。

ところがトラのお腹《なか》が大きくなっても、腹をさすってやるわけでもなく、トラの餌《えさ》を横取りしてさっさとどこかに行ってしまう。無事出産したあとは遠く離《はな》れて近寄ろうとすらしなかったのである。それを見た私の母親は、

「ちょっと、あんた、責任とりなさいよ」

と真顔で説教していた。猫に責任をとれっていったって、いったいどうするんだと聞いても、

「男には男の責任のとりかたがある」

と、ぶつぶついっている。クロの態度は、遊びで手をつけてしまった女性に子供ができたが、説得にもかかわらず生んでしまったので、だんだん距離《きより》をとっていって、結局はずらかろうとする情けない人間の男のようであった。

一方、トラのほうは本当にたくましかった。子供を生む前にすでに高齢《こうれい》だったため、夏場になるといつもつらそうにしていた。

「もしかしたら、今年が最後かも……」

と私たちはこっそり話していた。ところが、そのうちに彼女のまわりにクロがうろうろし始め、彼の姿が見えるとトラもうれしそうにフニャフニャいいながら家をでていくようになった。そして老《お》いらくの恋の炎が燃え上がり、年甲斐《としがい》もな

くお腹が大きくなってしまったのであった。ただでさえ、すぐ死にそうな雰囲気《ふんいき》だったのに、そのうえ妊娠《にんしん》したとあっては、親子共々死んでしまうのではないかと心配していたが、トラは若返ってしゃきしゃきと動くようになった。まず目つきが違《ちが》った。今まではどよんとしてただ開いているだけという感じだったのに、瞳《ひとみ》が輝《かがや》いている。お腹が大きいのに動作がきびきびしている。

「これから私はひと仕事あるんだから、もっとがんばらなくちゃ」

という力強さが後ろ姿にもみなぎっているのであった。そして種付《たねつ》け役だったクロは放《ほう》っておいて、見事三回のお産で九匹の子供を生み、一人前に育てたのである。

だいたい友だちの家の猫の話を聞いてみても、子供が生まれても父猫の存在はほとんどない。血統重視でお見合いから準備万端《ばんたん》整えた婚姻《こんいん》関係ならまだしも、だいたいは生まれた子猫の体の模様《もよう》から判断して、

「父親はあいつだ」

というふうになることが多い。なかには、

「私はあのシロがいいって思ってたのに、どうしてあんな不細工《ぶさいく》なのとつきあうのよ」

と元気に生まれた子猫を前に、グチをいった人もいた。当の猫にとっては誰《だれ》とつきあおうが勝手なはずなのだが、飼い主は飼い主なりに、

「うちのリリちゃんには、あの美男のキジトラがぴったり」

などといろいろと考えているのである。親と子の関係はメス猫を飼っている人だけの問題のようだが、友だちの家にはちょっと変わった猫の父子がいた。

彼女の家のチビはオスである。メスと違ってオスは行動範囲《はんい》が広いので、何日も家を空《あ》けることが多い。ふだんは少なくとも三日に一回は必ず帰ってきていたのに、そのときに限って一週間も帰ってこない。心配になって近所の広い通りとか保健所をあたってみたが、どこにもいない、いったいどうしたのかと気を揉《も》んでいたら、失踪《しっそう》から十日ほどたってやっと戻《もど》ってきた。勝手口に座っているチビ

を見て家族でほっと胸をなでおろしたものの、どうも彼の様子がおかしい。はあはあと息遣《いきづか》いが荒く、興奮しているようなのである。

「何か怖《こわ》い目にあったんじゃないの」

といってそばに寄っていったら、チビの陰《かげ》にチビそっくりの子猫が寄《よ》り添《そ》っていた。

「あら、どうしたの」

といったとたんに、チビと子猫はものすごい勢いで家の中に飛び込み、みんなが、

「いったい、これは何なのだ」

とあっけにとられているのを後目《しりめ》に、ものすごいスピードで家の中を二匹でかけずり回ったというのである。五分ほど走り続けると、チビは子猫と仲よく自分のベッドで寝た。そして次の朝、子猫を連れてお腹がすいたといいにきたときに、友だちが、

「ねえ、その子はあんたの子供なの」

と聞くと、

「ウニャー」

と返事をした。ふつうは母猫が子猫を連れているものなのに、どうしてオスのチビが連れ歩いているのだろうかと家族で議論しているうちに、ふっと二匹は姿を消し、それっきり戻ってこなかったそうである。

「きっと旅立つ前に、世話になった私たちに子猫を見せにきたに違いない」

と友だちの母上はいっていたが、これは私たちの間では「クレイマー猫事件」と呼んで、飼い猫の行動の七不思議《ふしぎ》のひとつとして語られているのである。

最近では人間社会でも育児に係《かか》わるようになった父親も多いが、我が母によると現在実家に出入りしているシロを孕《はら》ませたブチが、そういうタイプだそうである。子供が二匹生まれてからブチはじっと妻と子のそばから離れない。子猫がじゃれつくと尻尾《しっぽ》をふり回して遊んでやっている。散歩に行くときもきちんと妻子のお供《とも》をする。庭で妻子が寝そべっていると、自分だけはちゃんとお座りをして周囲に気を配り、まるで外敵から妻子を守ろうとしているかのようだと母はいう。きっと子供が自分で生活できるようになったら離れていくのだろうが、なかなか立派な態度である。

これがクレイマー猫のチビと同じように、特殊《とくしゅ》な例ならともかく、トレンディなオス猫の姿だったら面白い。人間だって意識の変化があるのだから、もしかしたら猫にもあるんじゃなかろうか。猫のお父さんとお母さんと子供が揃《そろ》って町内を散歩する姿が見られるのも、遠いことではないのかもしれない。そうなったらまた楽しいなあと思っているのである。

百猫百様《ひゃくびょうひゃくよう》

　私の友だちには猫を飼《か》っている人が多い。その中のKさんが飼っていた猫が、先日、十三歳で亡くなってしまった。体重が二十キロ近くあったものの、真っ白な毛並みでかわいい顔だちをしていて、おっとりとした性格の猫だった。外国人の体型のように体が太いのだが、顔は小さく、手足が細い。ケージにいれて獣医《じゅうい》さんのところに連れていくと、居合わせた人は顔だけを見て、

「まあ、かわいいわねえ」

　という。しかしケージから出た、ウエスト六十五センチの堂々とした姿を見ると、みな、

「うわあ」

と驚《おどろ》き、おじいさんに、

「これは何という生き物ですか」

とまじめな顔で聞かれたこともあったというくらいの猫だったのである。

猫の具合が悪くなってからの、Kさんの心労にはただならぬものがあった。餌《えさ》を食べなくなったので、体調の変化に気がついた。それまで彼女は、その猫のことを、

「どうしてあんなに、意地汚《いじきたな》いのかしら。キャットフードを腹いっぱい食べたっていうのに、冷蔵庫のドアのパタンという音がすると、ささーっと走ってきて、じーっと私の顔を見てるのよ。全《まった》く、嫌《いや》になるわ」

とこぼしていた。とにかく食べることが大好きで、なんだか一日中、餌入れの前に座っているような気がするといっていたのである。

私はうちで飼っていたトラと、友だちのSさんの猫の話をした。トラにはいち

ばん最初に餌をやっていたのだが、食卓の上に載《の》っているおかずと、自分の前にあるおかずを必ず見比《みくら》べて、もらってない物があると、じーっと食卓を見ていた。

「どうしたの、食べなさい」

といっても絶対に食べない。猫の視線の先にそのおかずがあるのを悟《さと》った母親が、

「ほら、あんたはニンニクが入った、野菜炒《やさいいた》めなんか食べないでしょ」

と目の前に持っていって、これは食べられないと猫が判断すると、やっと餌を食べ始める。酢《す》の物《もの》や辛子和《からしあ》えのときは、いつもこうだった。どんなに、

「あんたはこれは食べられないよ」

と口でいっても、目の前に持っていかないと、絶対に納得《なっとく》しないのだった。

Sさんの猫は、やはり食べるのが大好きな、ころんとしていてかわいい太目《ふとめ》のオスである。ところがあるとき、突然、姿が見えなくなった。外に出しているわけでもないし、開いている窓もない。いったいどうしたのかと、押し入れ、トイ

レ、風呂場《ふろば》など、家中を必死に調べまくったら、何と猫は冷蔵庫の中に入っていたというのであった。
「うちのも大食《おおぐ》らいだけど、それはまだやったことはないわねえ」

その話を聞いて、Kさんは大笑いをしていた。その矢先、飼っている猫が体調を崩《くず》したのである。

まず、食べ物に執着《しゅうちゃく》がなくなり、時折、吐いたり、草だけしか口にしない日も多くなった。

「歳《とし》をとっているし、お腹《なか》の調子が悪いこともあるのかな」

と気にはなっていたが、食が細くなった以外は、日常生活に変わりはない。日がいちばんよくあたるソファの上で、ぐだーっと気持ちよさそうに寝ている。そういう姿を見ると、とても体調が悪いとは思えず、彼女は一週間、様子を見ていた。

別に痛がるわけでも、苦しがるわけでもない。が、物を食べないのには変わりがなく、彼女はかかりつけの獣医さんに猫を連れていった。血液検査をしてもらったら、異常がみつかり、そこよりも大きな病院で、入院させて輸血をしてもらうことになった。血液の状態が普通ではないといわれたこともあり、彼女はとても心配して、

「万一のことがあったら、どうしよう」

とうちに電話をかけてきては、毎日、泣いていた。うちのトラは、自由に家に出入りしていたこともあって、外で亡くなることを選んだようだった。死ぬ前に挨拶《あいさつ》にきたものの、トラの亡骸《なきがら》を私は見ていない。だからいまひとつ死んだという感覚がない。今でも、もしかしたら、どこかで生きているんじゃないかと思ったりすることもあったのだ。

Kさんの場合は、猫の体調の悪さを現実問題として、受けとめなければならなかった。勤《つと》めから帰ると心配で、すぐ獣医さんのところに電話をして、それからうちに電話がかかってくる。ある日、彼女はとても明るい声で電話をかけてきた。

最初に診《み》てもらった病院から、血液検査の結果が間違《まちが》いだったと連絡が入ったというのだ。

「本当に心配しちゃったわよ」

そうとなったら、入院させておく必要はないので、引き取ろうとしたら、大きな病院で、

「せっかくだから、きちんと検査をし直しましょう」

といわれた。彼女は猫はたまたま体調が悪くて、物が食べられなくなったと思っていた。ところが検査の直後、その病院からすぐ連絡があり、腫瘍《しゆよう》が発見されたので、これからすぐ手術をするといわれたというのであった。突然にそんなことをいわれ、彼女は仰天《ぎようてん》した。頭の中に、

「年寄りだし、手術などしないで、このままにしておいたほうがいいんじゃないか」

「先生がそういうのだから、すべてまかせたほうがいいのでは」

と相反《あいはん》する考えがぐるぐると渦《うず》を巻いたが、先生のいうとおり手術をしてもらうことにした。何だかわけのわからないうちに、猫が手術をすることになってしまい、彼女は呆然《ぼうぜん》としていた。うちに電話をかけてきたときも、

「そういうことになったから……」

と放心状態であった。

残念ながら、手術の翌日、猫は亡くなってしまった。電車を乗り継いで病院にかけつけると、まだ猫の体は少し温かかったという。真っ白な猫なのに、開腹の痕《あと》が黒い糸で縫《ぬ》ってあった。腫瘍は二キロもあり、よくここまで生きていたというくらいだったと先生はいったそうだ。

それから彼女は、お葬式《そうしき》や墓地の手配をし、気丈《きじょう》に事をこなしていた。うちにも彼女からもらった猫の写真が何枚かあったので、しばらく机の上に水と花と一緒に置いていた。心配していたよりも、彼女は元気そうだった。あまりに明るいので、ちょっと気にはなったが、すべてが一段落したあと、彼女は具合が悪くな

って、一週間、寝込んでしまった。寝ている間に、彼女はある程度ふっきれたようで、また社会復帰した。

「家に帰ると、いつも玄関に迎《むか》えにきたのに、今は当たり前だけど、迎えにこないじゃない。そういうときに、ああ、いなくなっちゃったんだなって思うわ」

いつかはこういう日がくると、覚悟《かくご》はしていたものの、やはりダメージはきつかったようである。

その話を猫を飼っているAさんに話した。以前、亡くなったその猫の写真を見たことがあるので、彼女も、

「かわいい顔をした猫だったのにねえ」

とつぶやいた。彼女の飼っている猫は十歳のシャム猫で、ふだんはとてもおとなしい。うちのトラはめったやたらと、ふにゃふにゃと鳴いてつきまとってきて、相手をしてやらないと怒《おこ》ったものだった。しかし彼女の猫は、遊びにいっても、おとなしく部屋の隅《すみ》にいるだけだ。時折、尻尾《しっぽ》をたてて、体をすりつけてくるけ

れど、あとは淡々と好き勝手なことをやっている。いかにも「おりこうさん」といいたくなるような、かわいらしくて賢《かしこ》い猫なのである。

ところがこの猫にも弱点があった。車に乗せると怯《おび》え、「おわあ〜あ〜あ〜」と乗っている間中、ずーっと鳴いている。特に高速道路とトンネルは苦手で、ひときわ大きな声で鳴くのである。運転しているAさんは、後部座席のケージの中にいる猫にむかって、

「うるさい！」

と一喝《いっかつ》し、私に、

「かまわないでね！　甘えているだけなんだから」

という。猫には猫の分があるので、それをちゃんと納得させなければいけないという。べったり甘えさせるのは、よくない。厳《きび》しくするべきところは、厳しくしなきゃいけないというのであった。

その後、Aさんは喘息《ぜんそく》になり、猫の毛もよくないということになって、Mさん

に飼ってもらうことになった。ところがMさんに飼われてからというもの、あんなにしゃきっとしていた猫が、でろでろになったと、Aさんはこぼしていた。食べ物の好き嫌いをいうようになり、気にいったものが出てくるまで、ずーっと鳴いている。

「私が飼っていたときは、やったものは何でも食べたし、もっときりっとしてたのに」

Aさんは嘆《なげ》く。猫用のおやつまで買ってかわいがっているMさんに、

「あなたが甘やかすからよ」

と怒るのである。

「あー、あんたは堕落《だらく》したわねえ」

猫にむかっていうAさんのことばを聞いた私とMさんは、

「きっと、何をやってもすぐ怒られるから、猫は怖《こわ》くて体が硬直してたんだよね」

とこそこそ話した。

私たち三人が、明け方まで話をしていると、猫はずっとそばにいる。

「あんた、先に寝ればいいじゃないの」

Mさんが笑いながらいうので、猫のほうを見ると目の玉が上にいき、舟までこいでいるというのに、きちんとお座《すわ》りをしたまま、その場を離《はな》れようとしない。とにかく人が好きなのだ。Aさんは、

「この子、顔がちょっと黒くて、こそドロみたいでしょ」

といって、「こそドロ」だの「お調子もん」だのと呼んでいる。それに猫はじっと耐《た》えているのである。

Kさんの猫が亡くなったことを知らせた直後、Aさんは猫をつかまえて、

「ねえ、あんた。いつまで生きてるの！　まだ生きるつもりなの！」

と迫《せま》った。するとおとなしい猫が、

「おわあ！」

と大きな声で鳴いた。何だか、むっとしたような声の感じであった。

「ま、生きてるものだから、死ぬのはしょうがないよねえ。あなたは、どうするのよ。この子が死んだら」

Aさんは Mさんにたずねた。

「近所の猫に殉死《じゅんし》してもらう」

彼女は真顔でいった。もしも私が猫を飼っていて、亡骸を目の前で見たら、どうしようもないということは、重々《じゅうじゅう》わかっていながら、

「どうして、うちの猫だけ、こんなことに」

と思うに違いない。でも必ず、その日は訪《おとず》れてしまう。自分の死ぬ姿を見せなかったうちの猫は、食い意地が張っていてお喋《しゃべ》りだったが、いちばんの飼い主孝行をしたのかもしれない、と思ったりしたのである。

たかが猫、されどネコ

先日、行き倒れていたヒマラヤン、レノの飼《か》い主《ぬし》であるIさんから、暗い声で電話があった。

「お兄ちゃんの家で飼っている猫がね、四日前に逃げちゃって、行方《ゆくえ》不明なの」

という。お兄さん夫婦が旅行に行くことになり、奥さんの妹さんの家に、避妊《ひにん》手術済《ず》みの一歳半のメス猫を預けた。それまでにも妹さんの家に二回ほど預けたことがあり、何の問題もなかったので、今回も面倒を見てもらうということになったのである。

妹さん夫婦が住んでいるのは、山を切《き》り崩《くず》した造成地の上のほうに建つ、十三階建ての大きなマンションである。お兄さんの家から車で三十分ほどの距離《きょり》にある。周囲には一戸建ての家がちらほらと建っているが、密集した住宅地というわけではない。とにかく緑が多くて、環境はとてもいい所なのだ。妹さんの家には中学生と小学生の子供がいて、猫がやってくるのをいつも楽しみに待っていた。お兄さん夫婦のところにも子供はいるが、大学に通う都合でIさんの家に同居している。ふだん家には、お兄さん夫婦とその猫、ゴールデン・レトリバーの犬一匹が住んでいた。犬は他の家に頼み、猫は妹さんの家へと預け、二人は旅行に行った。ところが楽しい旅行から帰ってきたら、猫が行方不明になっていたのだった。

そういう話を聞くと、胸が詰まってくる。

「猫はどうしているか、犬はどうしているか」

と気にしつつ帰ってきたところへ、いなくなったなどといわれたら、どんなにショックなことだろうか。しかし留守《るす》中に面倒を見てくれた人にも罪はない。これはどうにもならない悪いタイミングが重なって、そうなってしまうからである。

不用意にドアを開けたりすると猫が出ていってしまう可能性があるので、妹さんも子供たちも気をつけていた。しかしその猫はそれまで、ドアが開いたとしても、そこから出るような気配は見せずに、じっと部屋の中にいた。最初に預かったときは緊張《きんちょう》するが、二度、三度となったら、預かるほうも最初の緊張感が薄《うす》らぐのは当然である。そのときも、たまたま来客があり、ドアを開けたとたん、猫がものすごい勢いで脱走してしまった。みんながびっくりして後を追いかけたら、十一階から九階まで、ものすごい勢いで外階段を駆《か》け下りた。やっとの思いで九階の階段のところにいるのを見つけ、つかまえようとしたとたん、何とその猫は手すりから外に向かってダイビングしたというのである。

「九階から飛び降りたのよ。信じられる？　猫ってそんなことを平気でしちゃうのね」

Iさんの声は暗い。九階の手すりから飛び降りるほど、外に出たかったのかと思うと、猫もかわいそうになったが、最初から最後まですべてを見ていた妹さんたちがどんなショックを受けたか想像すると、心臓がどきどきしてくる。

「子供たちがびっくりして下を見たら、着地したあと、ものすごい勢いで逃げていったんだって。でも、そんな高い場所から飛び降りたんだったら、骨を折るか、走っていったとしても、どこかで死んでいるんじゃないかと思って……。お義姉《ねえ》さんは、遺体だけでも連れて帰りたいっていって、泣いてるの」

というのである。

私は少し前に、猫についての本を読んでいて、そこにこういうことが書いてあった。飼い猫がマンションの窓やベランダから落ちて怪我《けが》をしたり死んだりという事故が多いのだが、五階くらいまでの高さのマンションがいちばんあぶない。高層はともかく、五階以上の高さの階から落ちると、猫は落下している間に気分が落ち着き、低いところから落ちたときよりも、冷静に着地態勢がとれるのだそうである。まさに、ニャンコ先生のニャンパラリや、キャット空中三回転のよう

な技《わざ》が出るらしいのだ。私はこの話を彼女にして、

「もしもひどいダメージを受けていたら、ものすごい勢いで走って逃げることはできないんじゃないのかなあ。骨が折れていたら、その場にうずくまるだろうし。猫だって馬鹿《ばか》じゃないから、もしかしたら安全に着地できる九階まで降りて、そこから飛び降りたのかもしれないし。きっと生きてるよ」

といった。

「えっ、ほんと？ お義姉さんは、あんな高いところから飛び降りたんだから、絶対に死んじゃったっていうの。でも、そう書いてあったんだったら、大丈夫かもしれないね、生きているかもしれないね」

Iさんも少しは気分が明るくなったようだが、それでも心配の種《たね》は尽《つ》きない。

「でもね、近所に家がほとんどないし、大きな竹藪《たけやぶ》があるの。もしもその中に入っていったら、とてもじゃないけど探《さが》せないし、餌《えさ》もないし。週末には台風も来るっていってるでしょう。夜は寒くなっているし、いったいどうやっているのか

と思うと……」

お兄さんは奥さんに対して、

「妹さんを責《せ》めるんじゃないぞ」

ときつくいったのであるが、姉妹ということもあって、

「どうして不用意にドアを開けた。どうして飛び降りるような状況《じようきよう》に追い込んだ」

とついつい口に出てしまう。もちろんそういわれた妹さんは辛《つら》いに決まっている。

「それを見ているのも辛いのよ」

Iさんはつぶやいた。

猫が行方不明になってから、尋《たず》ね猫のチラシを作り、妹さんは毎日、ご主人も週末の休みには猫を探して周囲を歩いた。もちろんお兄さん夫婦も探している。ところが何をどうやって探していいのか見当もつかず、猫を探す探偵社《たんていしや》のプロに

頼んで、探してもらってもいるというのだ。プロは逃げた直後は名前を呼んで探さないほうがいいといっていたようだ。近くにいたとしても、平静な状態ではないので、飼い主が呼んでも出てこなくなる可能性が強いという。そして自分の臭《にお》いがついたもの、たとえばトイレの砂などをマンションの周囲に置いて、安心させることが大切だというのであった。

「へえ、そうなの」

旅行に行くときは、トイレをきれいに掃除《そうじ》していくが、Iさんは、

「うちも何があるかわからないから、これからはトイレの掃除はしていかないわ」

といっていた。

なるべく暗い気持ちにならないように、私は高い階から落ちたからといって、ダメージが必ずしも大きくないこと、きっと飼い猫だから、むやみに竹藪の中には入らないいんじゃないか、人の気配がしている所をうろうろしているのではない

かと話してみた。

猫が逃げた話はいろいろと聞く。マンションの上のほうの階から、階段を使って逃げたので、四方八方探したが見つからない。ところが近くを探してみたら、マンションの一階のベランダの物置の下でうずくまっていたとか、意外に近場にいたということが多かったりするのだ。首輪をしているというから、近所の家でものら猫ではないことがわかるだろうし、

「プロも探してくれているんだから、あまり気を落とさないで。お義姉さんにもそういってあげて。早く見つかるといいね」

と電話を切った。

そしてそれから六日後、

「猫が見つかりました！」

というファクスが届いた。山の上のほうの、人もほとんど行かない、乾《かわ》いた場所にいたらしい。毎日、近所の家を一軒一軒まわり、目撃《もくげき》情報を聞いてみても、

何の情報もなく、みんながほとんど諦《あきら》めた矢先のことだった。

「皆さんの祈りの念力で見つかったのではないかと思います」

とも書いてあった。

「ああ、よかった」

私もほっとした。その猫には会ってないが、話を聞いただけで他人事《ひとごと》だとは思えない。お兄さん夫婦も、妹さん夫婦もどれだけほっとしたことだろう。いっぺんに体中の力が抜けたんじゃないだろうか。猫はほとんど怪我もしておらず、元気だったという。

「よかった、よかった」

私は何度もファクスを見直して、つぶやいたのである。

この猫の行方不明から発見までの顚末《てんまつ》を、モリタさんに話すと、

「よく見つかったわねえ。さすがにプロってすごいわ。でも猫も十日間、食べる物もろくに食べないで生きてたのねえ」

と感心していた。ビーも一緒《いっしょ》に話を聞いている。

「ビーちゃんがいなくなったら、どうしようかねえ」

モリタさんがいうと、ビーの耳がひくひくと動く。

「探さないことにしようかな」

そういってモリタさんはくすくす笑った。

「あら、大変、ビーちゃんどうしよう」

私がそういうと、ビーは青い目をくりっと見開いて、じーっと考えている。

「この間も夜中に脱走したのよ。二時半にへとへとになって帰ってきて、ドアを開けたら、ぱーっと飛び出して下に降りていっちゃったの」

「で、どうしたの」

「それから懐中《かいちゅう》電灯を持って、下を探しに行ったのよ。大きな声を出せないから、小声でビーちゃん、ビーちゃんって呼んで。でもすぐ近くにいるのに、出てこないのよ。じーっと木の陰《かげ》に座ってこっちを見てたの。疲れてるのに頭にきちゃった」

ビーはふっと顔をそむけた。

「わかった？　これからは脱走したら、それっきり。探さないからね。どこへ行こうと知らないからね。わかった？　あんた見つかった猫みたいに若くないんだから、すぐ御飯《ごはん》が食べられなくて死んじゃうよ。それでもいいんだったら脱走しなさい」

ビーは、

「うにゃっ」

と強くひと声鳴いて、ぶりぶりと体を動かしながら歩いていった。

翌日、ちゃりちゃりと音がするのでベランダを見たら、ビーがオレンジ色のリボンに鈴をつけてもらって、首につけている。うす茶色の毛並みにオレンジ色がマッチしてなかなかお洒落《しゃれ》である。

「まあ、ビーちゃん、かわいいわねえ。よく似合うこと」

おおげさに誉《ほ》めたら、ごろごろと大きな音をたてて喜んでいた。

「ビーちゃん、かわいくなったじゃない」

そうモリタさんにいうと、

「でもね、最初つけてやったら、久しぶりに首に巻いたものだから、部屋の隅《すみ》っこに行って、ゲーッて吐いてた」

と笑った。

「締《し》めすぎちゃったのかしら」

「うーん、そうかもしれない」

でもビーは辛そうには見えず、尻尾を立ててご機嫌《きげん》そうだった。

「猫がいなくなった家の人は、死んじゃっただろうって、諦めたんでしょうねえ」

モリタさんはビーを見ながらいう。

「そう思いたくないのと、そう思うのと、ごっちゃごちゃになってたみたいよ」

「そりゃあ、そうよねえ。ビーなんかは臆病《おくびょう》だから、絶対にベランダや手すりから飛び降りるっていうことはないからいいけど。ねえ、ビーちゃん、あんたいつまで生きるの？　教えてちょうだい」

笑いながらモリタさんが聞くと、ビーは不愉快《ふゆかい》そうに、

「うええええー」

と鳴いた。

「じいさんだしねえ。おまけに重くなっちゃって、抱《だ》っこするのも腕が痛くてしょうがないわ」

最近、モリタさんは、ビーの耳元で、

「何歳まで生きるの？」

と聞き続けているのだという。そのたびにビーは、

「うええええー」

と答えるのだそうである。

「でもビーちゃんは、まだまだ元気よ」

そういうとモリタさんは、笑いながら、

「はあーっ」

とため息をつくのだ。

ビーは相変《あいか》わらずヒモ遊びが大好きだ。猫の一年は人間の一年よりも年をとるはずなのに、いつまでも外見は若々しい。年を知らない人は、ビーの姿を見ると、

「かわいくてきれいな顔をしていますねえ」

と必ずいう。そして年齢《ねんれい》を知ると、

「ええっ、とてもそんなふうには見えない」

と驚《おどろ》くのだ。触《さわ》るとさすがに年齢は隠《かく》せず、ぼそぼそっという感じの手触りなのだが、外見からはそう見えない。太ったから脂分《あぶらぶん》がゆきわたっているのか、毛並みも揃《そろ》っているし、顔は昔《むかし》から全然老《ふ》けていないし、とにかくころころと太って、かわいい姿になっている。

猫を飼ったことがある人に、

「十三歳にもなって、まだヒモで遊ぶなんて、ずいぶん子供っぽいわね」

といわれることもある。彼女の飼っていた猫は、子供のころはよくヒモで遊んだけれど、大人になったら、目では追うけれども、走り回って遊ばなかったというのだ。

「自分の年齢を意識してないのね。それが外見に出るんじゃないの？　人間でもさあ、老けた老けたと思っている人って、傍《はた》から見ても老けていたりするじゃない」

ビーが知恵を使って、隙《すき》を狙《ねら》って階段を駆け降りて脱走するのも、まだ自分が若いと思ってやるのだろうか。

「だいたい年寄りで臆病な猫だったら、家の中でうろうろしていればいいと思うんじゃないの？　きっとビーちゃんは、自分は十三歳だっていう意識がないのよ。まだ二、三歳のつもりでいるんじゃないの？」

たしかにヒモで遊ぶ姿を見ると、とても十三歳とは思えない。前よりもすぐ疲れてしまうことはあるけれど、興味は全《まった》く薄《うす》れていないのである。

ドアを開けて、

「ビーちゃん、脱走するの？　どこかに行っちゃうの？　そういう勇気はある？」

そう聞くと、ビーはとことこと廊下《ろうか》を歩いてはいるが、やはりこちらを気にしているのがわかる。人の目を盗《ぬす》んで脱走するのが楽しく、堂々と、

「行ってもいい」

といわれると、猫は猫なりに何かあるなと詮索《せんさく》するのかもしれない。

「出ていってもいいけど、誰《だれ》も探さないって。一人で餌を見つけて暮らしてね」

そういうとビーは、

「うえええー」

といって部屋に戻《もど》ってくる。こういうところはやはり十三歳という感じなので

あった。

高齢の猫が登場する本を読んでいたら、晩年、その猫は口臭《こうしゅう》がとてもひどくなったと書いてあった。ビーは口臭もなく、体臭もなく、ほとんど臭いがしない猫である。その話をモリタさんとアリヅカさんにしたら、

「暗示をかけちゃおうかしら」

と笑っていた。暗示って何だろうと思っていたら、口臭ネタでビーをからかっていたのである。

抱っこしてやって、ビーが気持ちよくなっているところへ、耳元で、

「ビーちゃん、口がくさーい」

とささやく。最初は意味がわからないので、ビーもごろごろと喉《のど》を鳴らして喜んでいる。それでも何度も何度も、

「ビーちゃん、口がくさーい」

といい続けていたら、どうもそれはいいことではないとわかったらしく、二日

後からは、

「うえええー」

と怒るようになったというのである。

「口が臭くなって、歯が全部抜けちゃって、そうしてビーちゃんはよぼよぼにな
って死んじゃうんだよね」

アリヅカさんがいうと、

「うえええー」

と怒る。モリタさんが笑いをこらえながら、

「口がくさーい」

といったら、やっぱり、

「うえええー」

と怒った。

「お利口《りこう》だねえ。ちゃんといってることがわかるんだね」

感心していうと、モリタさんとアリヅカさんは、

「そんなことがわかっても、何の役にも立たないわ」

と大笑いした。モリタさんがビーを抱っこすると、鼻の穴が最大限に開いた。

「ビーちゃんがいなくなったら、みんなで一生懸命《いっしょうけんめい》探してあげるよ。口が臭くなってもうすぐ死ぬかもしれなくても、一生懸命探してあげるから。心配しなくていいよ」

頭を撫《な》でてやると、モリタさんが、

「ものすごくごろごろいってる。その音が体に響《ひび》いてくる」

といった。

「本当にねえ、猫一匹にどうしてこんなに大騒《おおさわ》ぎしなくちゃならないのかって思うんだけど、でも、そうしなくちゃいられなくなるのよね」

アリヅカさんがいった。ビーは心底、満足そうな顔をしながら、大きく開いた鼻の穴を、空に向けながら喉を鳴らし続けていた。

どの曲がお好き？

うちの駄《だ》ネコ「しい」は耳が大きい。そのせいかどうかわからないが、ものすごく音に敏感《びんかん》だ。外で大きな物音がすると、びくっと体を震《ふる》わせて怯《おび》える。

「大丈夫だからね」

と声をかけて体を撫《な》でてやると落ち着いてくるのだが、とにかく物音に対して過敏なほど反応するのだ。苦手なのはガラスが割れる音や、金属音、ドリルの音、爆発音で、「十年前から値段が同じ」がウリの、物干し竿《ざお》のテープや、赤ん坊の泣き声には興味深そうに声のするほうに寄っていく。救急車のサイレンには身を固めて耳をそばだてるといった具合なのだ。

テレビコマーシャルの音も嫌《きら》いだ。私もいやおうなしに入ってくる音の連続にうんざりすることも多くなって、最近はテレビを見ることも少なくなってきたのだが、「しい」がずっとコマーシャルの音を聞き続けていると、苛立《いらだ》ってくるのがわかる。最初はテレビにお尻《しり》を向けて、耳だけをテレビのほうに向けているのだが、時間が経《た》つうちに、落ち着かなくなってくる。急にヒステリックに室内を走りまわったりしはじめるので、もしやと思って、テレビを消してみた。するとそういうことはなくなり、私の膝《ひざ》の上でくるりと丸まって寝るようになったのである。

それを見ていたら、音の実験をしたくなってきて、うちにあるCDを片っぱしからかけてみた。ちあきなおみ、テレサ・テン、ヘレン・メリル、平井堅《ひらいけん》といったボーカル系には特に反応がない。次は楽器である。最初にピアノ曲をかけてみると、和《なご》んでいるというよりも、緊張しているような感じである。チェンバロ曲も同じような反応だ。バイオリン曲は鍵盤《けんばん》楽器よりはましだが、リラックスするまでにはいかない。チェロ曲になるとだいぶ態度が変わり、ソファの上に寝そべって、何となく心地《ここち》よさそうにしている。そしてまたピアノ曲をかけると、顔つきが、

「ん？」

と変わって、寝そべっていたのが座《すわ》り直し、また緊張状態に入ったようだった。弦楽器が好きなのかもしれないと、琴《こと》を登場させた。演奏なさっているのは人間国宝の女性である。私はこのCDを聞いて、

「ああいい音だなあ」

とうっとりしたのだが、「しい」もそれなりに満足しているようだ。他の琴のCDも同じような反応で、まずまず気に入っているらしい。次は三味線《しゃみせん》のCDである。初代高橋竹山《ちくざん》、津軽《つがる》三味線バトル、吉田兄弟を次々にかけてみたが、緊張している様子は全《まった》く見られない。長崎ぶらぶら節の愛八《あいはち》さんの歌と三味線もじっとおとなしく聞いていた。歌舞伎《かぶき》の下座《げざ》音楽には鉦《かね》などの鳴り物も入っているの

で、そのちゃんちゃんした音を嫌がるかなと見ていたが、のんびりリラックスしていた。

いわゆるヒーリングミュージックという範疇《はんちゅう》の、鳥の声が聞こえるCDをかけたら、リラックスどころか興奮しきってしまって、もう大変だった。鳥の声が聞こえたとたんに、さっとスピーカーに突進し、前足でスピーカーを触《さわ》りはじめ、声はするのに姿が見えない鳥を必死に探している。川のせせらぎの音など、鳥の声が聞こえないヒーリングミュージックのときは、おとなしくしているのに、さすが本能には逆《さか》らえないものだと私は深くうなずいたのである。

妊娠《にんしん》した女性が、胎教《たいきょう》のためにモーツァルトを聞くという話を聞いたことがある。人間だけではなくて、乳牛も乳の出がよくなるので、牛舎にスピーカーをつけて、モーツァルトを流している牧場や、花だったか作物だったか、ハウス栽培《さいばい》の物にも聞かせているというニュースを見たことがあった。病院で点滴をするときに、ベートーベンではだめだけれども、モーツァルトをかけると、患者《かんじゃ》さんの精神状態がよくなるとか、モーツァルト効果についてはいろいろいわれている。これを試さない手はないだろうと、聞かせてみると、これが効果てきめんで、「しい」はうっとりと幸せそうな表情になり、明らかにリラックスしているのがわかった。そしてそのうちにうとうとと寝てしまい、モーツァルト効果の一端を窺《うかが》い知ることができたのだった。

「これはどうなのかなあ」

知り合いがくれたグレゴリオ聖歌《せいか》をかけてみた。私もこのCDを聞くとなぜかリラックスできるので、よくかけていた。するとこれも「しい」に対しては、モーツァルトと同じような効果をもたらし、うっとりとしている。

「そうか、じゃあ、これはどうだ」

宗教関係で次は聲明《しょうみょう》である。グレゴリオ聖歌はキリスト教で、聲明は仏教である。日本人としては、仏教のほうがなじむかと思っていたのだが、グレゴリオ聖歌のほうがずっと心が落ち着く。「しい」もそれは同じだったようで、嫌がりはしないけれども何の反応も示さずに、ネコ草をぱくぱく食べるのに熱心だった。

「なるほど」

「しい」と趣味《しゅみ》が一致《いっち》しているとは思わないが、私が聞いて気持ちがいい、リラックスできると思うようなものは好きなようだ。音楽にはリラックスするだけではなく、聞いて元気になったり、力が出てきたりする効果もあるが、ネコにはそれがないようで、ただただリラックスのみを追求しているように見える。「しい」を拾ってから、ほとんど親馬鹿《おやばか》ならぬネコ馬鹿になっている私は、

「モーツァルトやグレゴリオ聖歌よりも、もっとネコが気に入る曲があるのではないか」

とCDショップに探しにいった。すると、私みたいなネコ馬鹿、犬馬鹿の人間のために、動物と一緒に聞くCDが発売されていたのだ。店にあったのは、「犬」と「ネコ」だけだったが、今はいろいろな動物を飼っている人も多いから、もしかしたら「鳥」「フェレット」「たぬき」「キツネ」「馬」などもあるのかもしれ

ないが、詳《くわ》しいことは知らない。曲目を比べて見てみると、どちらかというと、犬のほうが静かな音楽が多いのが意外だった。何匹もの犬やネコに聞かせて、データをとっているのだろうから、選曲には間違いないのであろう。

「これを聞かせれば、毎日、しいはいい子だわ」

早速《さっそく》、家に帰ってプレーヤーにかけてみると、「しい」の反応はいまひとつだった。いまひとつというよりも、どちらかというと嫌がっている。

「そんなはずはないわ。ちゃんと偉い先生がデータをとってやってるんだろうから」

テンポの速い曲が次々にかかり、「しい」が明らかに苛ついているのがわかった。そして「ペルシャの市場にて」や「ダッタン人の踊り」にいたっては、室内を走り回って大暴《おおあば》れだった。これではネコと一緒に聞くどころではない。あわててそのCDをしまい、グレゴリオ聖歌をかけたとたん、おとなしくなった。

「しいちゃんは静かな曲が好きなのね」

ネコ馬鹿の私は、ネコが好きなCDに迎合《げいごう》しなかった「しい」を、褒《ほ》めてやりたいような気持ちになった。

でもいちばん好きなのは、生音《なまおと》である。それが私のへたくそな三味線というのが、「しい」には気の毒なのだが、練習しているとそばに寄ってきて、じーっとして目をつぶっている。やはり楽器に使われているのが同じ種だとわかり、根源的な魂《たましい》がゆさぶられるのか、反応がとてもいい。美しい旋律《せんりつ》を奏《かな》でるまではいかないので、ただたどたどしく練習している曲を弾《ひ》くだけなのだが、それでもリラックスしているようだ。こちらとしてはリラックスではなく、三味線に合わせて立って踊ってくれれば、すぐさま仕事をやめて世界を巡業するのにと思うのであるが、幸せそうに目をつぶっている姿を見ると、

「これでいいのだ」

とつぶやいてしまうのだった。

迷いネコ

二〇一一年の三月十五日、午後、仕事をしていたら、マンションの入り口のインターフォンから、女友だちAさんの、

「マンションの下まで出てこられる?」

という声がした。なにかあったのかと、急いで下に下りると、彼女の会社の車が停《と》まっていた。中には社員の女性Pさんが座っている。どうしたのかしらと思っていたら、Aさんが、

「ほら、見て」

とドアを開けた。するとPさんは膝《ひざ》の上に、不安そうな顔つきの、とっても情

けない顔をした三毛ネコをのせている。

「どうしちゃったの、あなたは。心配しなくて大丈夫だからね」

体を触ってもいやがらないが、小刻みに体が震えている。声をかけて二人で撫《な》でてやっても、じっとうつむいたままだ。かわいそうな三毛ちゃんが、Pさんの膝の上にいたのは、次のような経緯である。

車を運転していたPさんは都内で用事をすませ、会社に戻ろうとしていた。幹線道路の交差点の手前で、前を走っていたオートバイに乗ったおじさんが、急にバイクから降り、道路上にあったなにかを抱えて道路脇《わき》に置いた。いったいなんだろうと見てみると、それはネコだった。彼女は動物が大好きで、家にはイヌとネコが一匹ずついる。

（轢《ひ》かれたのかしら）

びっくりして車を脇に停めて外に出てみると、ネコは生きてはいるものの、ぶるぶると小刻みに震えて固まっている。

「どうしたの?　大丈夫?」

声をかけると、ネコはゆっくりと顔を上げた。眉間《みけん》に深い皺《しわ》が寄り、明らかに途方にくれ、怯《おび》えているのがわかった。見たところ外傷はなく、体を触っても痛そうにはしない。ただ胸のところに毛がからまって二つの束になっている。長毛種ならばありうるけれど、短毛種ではあまり見たことがなく、ブラッシングなどはしてもらっていない様子だ。茶色の首輪をしていたので、名前や住所が書いていないかと調べてみても、手がかりになるものはなにもない。このような事情で、Pさんはネコを保護し、すぐにネコ好きのAさんに連絡をして、彼女が私に教えてくれたというわけなのだった。

外傷がなくても、内臓が傷ついているといけないから、獣医さんに連れていくようにというAさんの指示で、私がネコ用のキャリーバッグを貸し、Pさんが近所の動物病院に連れていった。幸い悪いところはなかったが、ネコ缶をもらっても食べないので、点滴をしてもらって戻ってきた。東日本大震災の直後から、都内でも大きな揺れに驚いたイヌやネコが家を飛び出し、行方がわからなくなったと、複数の飼い主から病院にも連絡が入っていると、獣医さんが話をしていたという。

ネコは病院では、しゃーっと先生を威嚇していたようで、まだちょっとだけ元気は残っていたようだ。しかし私たちに対しては無抵抗で、床に下ろすとずーっとそのままの姿で固まっている。みんなで交互に撫でてやっているうちに、「にゃーん」とかわいい声で何度か鳴くようになり、ネコの体が少しずつ柔らかくほぐれていくのがわかった。

ネコは保護したPさんが連れて帰り、念のために、先住のイヌ、ネコとは別の部屋を居場所にしたという。そして次は手分けをして飼い主捜しである。Pさん宅が仮の宿になった三毛ちゃんは、最初は落ち着かなかったものの、だんだん慣れてきてトイレも使い、ご飯も食べるようになった。眉間の皺も取れてきたが、彼女が会社に行こうとすると、とても悲しそうな顔をして寂しがるので、キャリーバッグにいれて一緒に通勤した。とにかく三毛ちゃんは、彼女がいなくなると不安でたまらないらしく、社用で車で移動するときも一緒だったが、そのうち車に酔ってぐったりするようになったので、家でずっとお留守番をするようになった。

Aさんと私は、三毛ちゃんはお年寄りに飼われていたのではと推測した。つけている首輪は年代物だし、年齢は十六、七歳くらいではないかと思われた。大地震に驚いた飼い主が、避難通路を確保するために、ドアか窓を開け放ったところ、ネコもあまりのことにびっくり仰天して、家を飛び出してしまった。しかし飛び出したはいいが戻れなくなり、周辺をうろうろしていて広い道路まで出てしまい、そこで保護されたのではと想像したのだ。

「長い間、一緒に暮らしていたのに、きっとお互い、寂しいよね」

Aさんの言葉に私は深くうなずいた。私も十三歳の飼いネコが、三歳のときに一週間ほど家出をしたときは、本当に辛《つら》かった。私が寝ているときに帰ってきて、室内に入れなかったらかわいそうと、窓のストッパーをつけて開けていたのに、朝になっても姿がなかったときの悲しさ。玄関のドアの向こうで鳴き声が聞こえたと、喜んでドアを開けたときに、なにもいなかったときの失望感。とうとう幻聴まで起こったかと情けなくなった。

幸いうちのネコは戻ってきたが、三毛ちゃんの飼い主も、同じような気持ちで日々を過ごしているに違いない。Aさんたちはインターネットや保健所への問い合わせをしてくれ、私はネコが保護された周辺が散歩コースなので、「たずねネコ」の貼《は》り紙《がみ》がないか、住宅地を歩き回った。ネコが出入りした覚えがあるお宅の人が、外に出ているのを見かけると、

「このあたりで、飼っていた三毛ネコがいなくなったお宅はありませんか」

と聞いてみたが、わからなかった。老ネコなので、遠方からやってきたとは思えないのだが、いまだに飼い主は見つからない。想像どおり飼い主がお年寄りだったら、インターネット等の手段もなく、積極的に捜すというよりは、ただ戸や

窓を開けて、三毛ちゃんが戻ってくるのを待っているだけの可能性もある。これからネコの写真を撮影して、住宅地に貼ったほうがいいかもしれないと相談している。

当初、三毛ちゃんは、まさに借りてきたネコ状態だったが、最近は気持ちにゆとりができたのか、Ｐさんの帰宅時間が少しでも遅くなるとぶつぶつ文句をいって怒るようになったという。

大地震で飼い主と離ればなれになったイヌやネコは、さぞかし不安で心細いことだろう。この三毛ちゃん共々、早く飼い主と再会できる日がくるようにと、切に願う毎日である。

元気な老女王

現在、二十歳のうちの女王様気質の老ネコは、多少、時間の前後はあるが、毎日、真夜中の三時頃《ごろ》と早朝五時頃、私を起こしに来る。私は一度寝ると、ほとんど途中で目を覚まさないので、老女王に眠りを妨げられるのが苦痛だった。そうはいっても邪険にすることもできず、

「はいはい、わかりました」

といいながら、朦朧《もうろう》とした頭で老女王を撫《な》でてやったり、御飯をあげたりしていたのだが、私も年々歳《とし》をとっていくので、ますます起こされるのが辛《つら》くなってきた。

そこで考えついたのが、知らんぷり作戦だった。いつもはベッドの上にのった気配がすると、つい目を開けてしまっていたが、もうしない。気がついても知らんぷり。にゃあと鳴かれても知らんぷり。「ぐー」といびきをかいたふりをして、寝返りを打って背中を向ければ、諦《あきら》めるだろうと思ったのである。

そして深夜、鳴き声と耳元の鼻息で眠りから覚めた。しかしここで目を開けると、ひときわ大きな声で、

「にゃああ」

とアピールするに決まっているので、意を決して目をつぶったまま寝ていた。すると、

「にゃああ」

ともう一度鳴いて、鼻先をほっぺたに押しつけてきた。

冷たいので、いつもはひゃっとなって目を覚ますのだが我慢である。とにかく眠いのでそのままじっと横たわっていたら、しばらく何も起こらなかった。きっ

と女王様は起きない私を見てどうしようかと迷っているのだろうと思いながら寝ていると、突然、

「にゃあああ」

という声と共に、私のまぶたの上に圧力がかかった。わっとびっくりして目を開けたら、もちろん爪《つめ》は出していないのだが、老女王は私の顔をのぞきこみながら、右前足で私の左目のまぶたをこじ開けようとしていた。

「何するの」

「にゃああ、にゃああ」

老女王は口をもぐもぐさせて、「御飯をちょうだい」と催促する。寝る前に御飯を置いてやっていたのだが、新しいものを出せというのだ。私は、「えーっ、どうしてそんなことするのよ」と小声で文句をいいながら御飯をあげ、ベッドに横になった。それがまた老女王には気に入らなかったらしく、「体を撫でよ」と命令してくるので、半分眠りながら体を撫で続けてやっと、女王様は自分のベッ

ドにお戻りになった。

私は再びベッドの上に仰向《あおむ》けになって、これは困ったと思った。きっとこれから老女王は、起こすために私の目を狙《ねら》ってくるだろう。さすがに目を触られるのはちょっと怖い。いったいどうしたものかと考えているうちに寝てしまった。翌日の夜からは、前回の作戦がうまくいったものだから、老女王は熟睡している私のまぶたをこじ開けようとするようになった。私はそれを察知して、ネコの手がまぶたに触る前に起きなくてはならない。老女王は上機嫌である。私は求められるとおり、体を撫でたり、御飯をあげたりしながら、「どうするべきか」と悩んでいた。

ある日、そうだ、右手を封じればいいのだと思いつき、枕もとにやってきて座った老女王の右手を、寝たまま、

「いい子だねえ」

と声をかけながら私の左手で軽く押さえてガードした。

（やった）

と思ったとたん、ノーガードだった老女王の左手のアッパーカットが、私の右《みぎ》頬《ほお》にとんできた。

「きゃっ」

びっくりして左手を放すと、老女王は、

「にゃあああ」

と私の目をしっかりと見て鳴いた。まるで、

「そんな手が利くわけないじゃない」

とせせら笑われているようだった。

特に私が寝たまま手を伸ばして体を触ってやると、適当にあしらわれている感じがするのかとても怒る。なので老女王がベッドの上にのると、体を起こして撫でて差し上げなくてはならない。するとぐるぐると喉《のど》を鳴らし、その合間にきゅるるるるとかわいい声で鳴いたりする。その声を聞くとそれなりにうれしいのだ

が、夜中の二時、三時にそれをやられるので、眠たくて仕方がない。

歯は全部揃《そろ》い、元気な老女王であっても、人間でいえば百歳を過ぎている。いつ何時、何が起こるかわからない。彼女が熟睡しているとき、

「本当に寝ているのだろうな。まさか死んでいるのではあるまいな」

とじーっと見ていると、静かに体が上下しているのでほっとする。寝ている姿は本当に愛らしいのに、ひとたび目を覚ますと、僕《しもべ》である私にはとっても厳しい……。しかし老女王の生活は私の手にかかっているのである。

このところ彼女はこれまでずっと食べ続けていたドライフード、いわゆるカリカリを食べなくなっていた。粒が大きいので食べにくいのではと、小さなすり鉢を使って、半分くらいに割ってあげてみた。それでしばらくは食べていたのだが、二か月後には目の前に置いても知らんぷりしはじめた。カリカリは総合栄養食なので、これを食べてくれないと困るのである。数はとても少ないが、缶詰やパウチ入りのウェットフードにも総合栄養食はあるけれど、そのほとんどは一般食で

人間でいえばおかず扱いである。主食のカリカリを食べてくれなくては困る。新しいものが見つかるまでのつなぎに、缶詰の総合栄養食を見つけ、それをあげたら喜んで食べていた。

老女王が喜んで食べる、人工着色料、人工保存料、人工香料などを使っていない、ドイツのメーカーの商品をネットで見てみたら、シニア用のカリカリを売っていた。大きさも小粒でよさそうだ。一番小さい袋を買って、器に入れていたら、本人もわかったのか、ささっと走ってきて、台所でお座りして待っていた。

「気に入るといいんだけどね」

というと、すでに目が輝いている。器を目の前に置いてやったら、ものすごい勢いで食べはじめた。ただしネコは気まぐれなので、その日、食べたからといって、翌日も食べるとは限らない。少なくとももうちの老女王はそうである。しかし幸いなことに、二日目も三日目も喜んで食べてくれて、今では百歳を超えたうちのネコの定番になった。とにかく食べてくれるカリカリが見つかってほっとした。

これで栄養が足りているのか、前よりも複数のウェットフードを欲しがらなくなったのもよかった。

うちの老女王は自分なりに考えて御飯の量を調整して食べてくれるので、その点はとてもありがたい。自分で量を決めたら、

「おいしいよ」

と勧めても絶対に口を開かない。顔をぷいっと横に向けて、

「いらない！」

と態度で示す。だからこそ成ネコになってからの体重が、歳をとって少しだけ減ったとはいえ、ほとんどキープできているのだろう。快便も変わりなく、

「その体でこの太さが出るのか」

といいたくなるくらいのものが毎日だ。そして用を足すと、

「わあああ」

と大声で報告する。耳が遠くなったらしく、声が大きいのである。私はそのご

報告の大声が聞こえるたびに、

「はいはい。よかったね」

と返事をする。すると老女王は満足そうに、

「ふんっ」

と鼻息を噴き、尻尾《しっぽ》をぴんと立てて部屋の中を歩き回っている。夜中に叩《たた》き起こされるのは相変わらず。このような状態で、老女王に仕える僕は、毎日、睡眠不足なのである。

群《むれ》ようこ略年譜《りゃくねんぷ》

一九五四年――昭和29年
十二月五日、父傾鳥留次郎（仮名）、母ハルエ（仮名）の長女として、東京都文京区小石川に生まれる。

一九五八年――昭和33年
弟ヒロシ（仮名）生まれる。
幼稚園に入園したが、園児をいじめるために、即、退園させられる。両親が相談の上、劇団に入れられる。東京都練馬区関町の長屋に転居。

一九六一年――昭和36年
練馬区立関町西小学校入学。学校では成績もよく天才と呼ばれていた。

一九六四年――昭和39年
練馬区立上石神井小学校に転校。

一九六七年――昭和42年
練馬区立上石神井中学校入学。

一九七〇年――昭和45年
東京都立鷺宮高等学校に合格。都下のマンションに転居。学校のあまりに自由な校風に驚き、のびのびと過ごす。

一九七三年――昭和48年
日本大学藝術学部文芸学科に入学。書店で夕方からアルバイトをしながら大学に通う。

一九七五年――昭和50年
春休みを利用して、三月から五月まで、アメリカのニュージャージー州に滞在する。両親の離婚が成立。

一九七七年――昭和52年
代官山にある広告代理店に入社。ところが激務で体調を崩し、半年で退社。
その後大手メーカーに合格したが、上司と喧嘩して二日で辞める。

一九七八年――昭和53年
音楽雑誌に採用されるが、半年後に退社。編集プロダクションに入社して、社内報やパンフレットを制作する。

一九七九年――昭和54年
愛読していた本の雑誌社に入社することになる。初任給は三万円だったが、私にとっては願ってもない就職先であった。

一九八〇年――昭和55年
杉並区下井草の1Kのアパートで一人暮らしをはじめる。はじめて原稿料をもらって「TODAY」という女性誌に書評の原稿を書きはじめる。それを読んだ椎名誠氏と目黒考二氏に「『本の雑誌』にも書いたらどうか」と勧められて、図書券欲しさに書くようになる。

一九八四年――昭和59年

仕事が忙しく、睡眠時間を削って原稿を書いていたので、体力的にもぼろぼろになるし、会社の仕事にも支障が出てきたため、本の雑誌社を退社。

七月、それまでに書いた原稿を集めた処女作、『午前零時の玄米パン』（本の雑誌社）を刊行。

一九八五年――昭和60年

十二月、エッセイ『別人「群ようこ」のできるまで』（単行本書き下ろし　文藝春秋）を刊行。

一九八六年――昭和61年

四月、エッセイ『無印良女《りょうひん》』（角川書店）、七月、エッセイ『毛糸に恋した』（単行本書き下ろし　晶文社）、十月、エッセイ『トラちゃん　猫とネズミと金魚と小鳥と犬のお話』（単行本書き下ろし　日本交通公社出版事業局）を刊行。

一九八七年――昭和62年

吉祥寺東町のマンションに転居。

五月、エッセイ『下駄ばきでスキップ』（文藝春秋）、十月、読書エッセイ『鞄に本だけつめこんで』（新潮社）、十二月、エッセイ『アメリカ恥かき一人旅』（単行本書き下ろし　本の雑誌社）を刊行。

一九八八年――昭和63年

三月、エッセイ『撫で肩ときどき怒り肩』（文藝春秋）を刊行。

一九八九年――平成元年
四月、小説『無印OL物語』（角川書店）を刊行。
一九九〇年――平成2年
杉並区西荻南のマンションに転居。
産経新聞『斜断機』に不定期執筆（九〇年四月二十日～九一年五月一日）。
六月、小説『無印結婚物語』（角川書店）、十月、エッセイ『ホンの本音』（毎日新聞社）、十一月、小説『びんぼう草』（新潮社）を刊行。
一九九一年――平成3年
三月、エッセイ『街角小走り日記』（毎日新聞社）、エッセイ『半径500mの日常』（文藝春秋）、五月、エッセイ『肉体百科』（扶桑社）、十二月、小説『無印失恋物語』（角川書店）を刊行。
一九九二年――平成4年
世田谷区に転居。はじめて仕事場を持つ。パソコンを使うようになる。
三月、小説『姉の結婚』（集英社）、五月、小説『モモヨ、まだ九十歳』（単行本書き下ろし　筑摩書房）、七月、読書エッセイ『本は鞄をとびだして』（単行本書き下ろし　新潮社）、十二月、小説『無印不倫物語』（角川書店）を刊行。
一九九三年――平成5年
香港、ソウル、沖縄旅行。
二月、エッセイ『ネコの住所録』（文藝春秋）、小説『膝小僧の神様』（新潮社）、七月、日記エッセイ『日常生活』（文庫書き下ろし　新潮文庫）、十二月、小説『無印親子物語』（角川書店）を刊行。

一九九四年——平成6年

韓国、プーケット島、イタリア旅行。

二月、読書エッセイ『本棚から猫じゃらし』（新潮社）、三月、小説『あたしが帰る家』（文藝春秋）、六月、エッセイ『本取り虫』（筑摩書房）、七月、小説『でも女』（集英社）、八月、エッセイ『交差点で石蹴り』（毎日新聞社）、九月、旅行エッセイ『亜細亜ふむふむ紀行』（文庫書き下ろし　新潮文庫）、十二月、小説『無印おまじない物語』（角川書店）を刊行。

一九九五年——平成7年

一年間、書き下ろし以外の仕事を休む。

韓国、サムイ島、上海旅行。

二月、エッセイ『猫と海鞘《ほや》』（文藝春秋）、四月、小説『人生勉強』（単行本書き下ろし　幻冬舎）、五月、エッセイ『トラブル　クッキング』（集英社）、対談集『解体新書《たあへるあなとみあ》』（新潮社）、十月、エッセイ『かつら・スカーフ・半ズボン』（朝日新聞社）を刊行。

一九九六年——平成8年

一月、エッセイ『またたび回覧板』（新潮社）、四月、評伝エッセイ『贅沢貧乏のマリア』（単行本書き下ろし　角川書店）、八月、旅行エッセイ『またたび東方見聞録』（文庫書き下ろし　新潮文庫）、十二月、小説『一葉の口紅　曙のリボン』（単行本書き下ろし　筑摩書房）を刊行。

一九九七年——平成9年

三月、小説『挑む女』（文藝春秋）、九月、エッセイ『活！』（もたいまさこ氏と共著、角川書店）、十月、旅行エッセイ『東洋ごろごろ膝栗毛』（文庫書き下ろし　新潮文庫）、十二月、『NOW and THEN 群ようこ』（角川書店）を刊行。

一九九八年——平成10年

雨の日、マンションの敷地内に迷い込んで、三日前から鳴いていた仔ネコを拾う。隣のネコが「ビーちゃん」なので、「しい」と名付ける。あまりにお転婆で、日々、翻弄される。四月、評伝エッセイ『飢え』（角川書店）、六月、小説『ヤマダ一家の辛抱』上下巻（幻冬舎）、十月、日記エッセイ『雀の猫まくら』（文庫書き下ろし　新潮文庫）、十二月、評伝エッセイ『尾崎翠』（新書書き下ろし　文春新書）、小説『負けない私』（毎日新聞社）、西原理恵子氏との対談『鳥頭対談』（朝日新聞社）を刊行。

一九九九年——平成11年

二月、小説『キラキラ星』（文庫書き下ろし　角川文庫）、四月、読書エッセイ『またたび読書録』（新潮社）、五月、小説『なたぎり三人女』（幻冬舎）、七月、エッセイ『ビーの話』（筑摩書房）、八月、エッセイ『ヒヨコの蝿叩き』（文藝春秋）、十月、評伝エッセイ『あなたみたいな明治の女《ひと》』（朝日新聞社）、十二月、小説『働く女』（集英社）を刊行。

二〇〇〇年——平成12年

一月、小説『二人の彼』（毎日新聞社）、小説『都立桃耳高校 神様おねがい！篇』（文庫書

き下ろし　新潮文庫）、二月、対談集『驚典　群ようこ対談集』（講談社）、三月、小説『へその緒スープ』（新潮社）、四月、小説『ひとりの女』（朝日新聞社）、六月、小説『おやじ丼』（幻冬舎）、八月、小説『ヒガシくんのタタカイ』（角川春樹事務所）、十二月、読書エッセイ『生きる読書』（角川oneテーマ21）を刊行。

二〇〇一年——平成13年
一月、小説『都立桃耳高校　放課後ハードロック！篇』（文庫書き下ろし　新潮文庫）、四月、エッセイ『濃い人々　いとしの作中人物たち』（講談社）、五月、エッセイ『たかが猫、されどネコ』（角川春樹事務所）、九月、半自伝小説『オトナも子供も大嫌い』（筑摩書房）、十一月、エッセイ『ヒヨコの猫またぎ』（文藝春秋）を刊行。

二〇〇二年——平成14年
三月、エッセイ『先人たちの知恵袋　ことわざエッセイ』（清流出版）、エッセイ『おかめなふたり』（幻冬舎）、四月、小説『いいわけ劇場』（講談社）、エッセイ集『どにち放浪記』（幻冬舎文庫）、八月、小説『それ行け！トシコさん』（角川書店）、十月、エッセイ『きものが欲しい！』（単行本書き下ろし　世界文化社）、十二月、小説『小美代姐さん花乱万丈』（単行本書き下ろし　集英社　名取裕子主演で舞台化）を刊行。

二〇〇三年——平成15年
六月、エッセイ『ちぞうはみんな知っている』（新潮社）、九月、古典エッセイ『浮世道場』（講談社）を刊行。

二〇〇四年——平成16年

五月、エッセイ『きもの365日』（文庫書き下ろし　集英社文庫）、六月、小説『ミサコ、三十八歳』（角川春樹事務所）、七月、エッセイ『群ようこの良品カタログ』（単行本書き下ろし　角川書店）を刊行。

二〇〇五年――平成17年
二月、エッセイ『三味線ざんまい』（角川書店）、三月、エッセイ『パンチパーマの猫』（文春文庫）、六月、エッセイ『音の細道』（幻冬舎）、七月、評伝『妖精と妖怪のあいだ　評伝・平林たい子』（単行本書き下ろし　文藝春秋）を刊行。

二〇〇六年――平成18年
一月、小説『かもめ食堂』（単行本書き下ろし　幻冬舎）、二月、エッセイ『世間のドクダミ』（筑摩書房）、四月、エッセイ『しいちゃん日記』（マガジンハウス）、八月、エッセイ『ぬるい生活』（朝日新聞社）、十一月、伝記小説『馬琴の嫁』（講談社）を刊行。

二〇〇七年――平成19年
六月、小説『小美代姐さん愛縁奇縁』（単行本書き下ろし　集英社）、十二月、エッセイ『財布のつぶやき』（角川書店）を刊行。

二〇〇八年――平成20年
九月、エッセイ『おんなのるつぼ』（新潮文庫）を刊行。

二〇〇九年――平成21年
二月、エッセイ『猫と女たち　Mure Yoko Selection』（ポプラ文庫）、小説『こんな感じ』（幻冬舎）、四月、小説『れんげ荘』（単行本書き下ろし　角川春樹事務所）、九月、小説

『三人暮らし』(角川書店)を刊行。

二〇一〇年――平成22年
三月、エッセイ『それなりに生きている』(筑摩書房)、六月、エッセイ『小福歳時記』(集英社)、十月、小説『ぎっちょんちょん』(新潮社)を刊行。

二〇一一年――平成23年
三月、小説『しっぽちゃん』(角川書店)、六月、小説『母のはなし』(集英社)を刊行。

二〇一二年――平成24年
四月、小説『パンとスープとネコ日和』(単行本書き下ろし 角川春樹事務所)、六月、エッセイ『おやじネコは縞模様』(文藝春秋)、七月、エッセイ『群ようこのおすすめ良品カタログ』(単行本書き下ろし 角川書店)、十月、エッセイ『衣もろもろ』(集英社)、十一月、小説『作家ソノミの甘くない生活』(毎日新聞社)を刊行。

二〇一三年――平成25年
八月、小説『働かないの れんげ荘物語』(単行本書き下ろし 角川春樹事務所)、十月、エッセイ『寄る年波には平泳ぎ』(幻冬舎)、十二月、エッセイ『おとこのるつぼ』(新潮社)を刊行。

二〇一四年――平成26年
一月、エッセイ『欲と収納』(文庫書き下ろし 角川文庫)、十二月、小説『福も来た パンとスープとネコ日和』(単行本書き下ろし 角川春樹事務所)を刊行。

二〇一五年――平成27年

二〇一六年——平成28年

一月、エッセイ『ゆるい生活』（朝日新聞出版）、五月、エッセイ『よれよれ肉体百科』（文藝春秋）、六月、エッセイ『衣にちにち』（集英社）、十二月、小説『優しい言葉　パンとスープとネコ日和』（単行本書き下ろし　角川春樹事務所）を刊行。

二〇一七年——平成29年

二月、小説『うちのご近所さん』（KADOKAWA）を刊行。

一月、小説『ネコと昼寝　れんげ荘物語』（単行本書き下ろし　角川春樹事務所）、エッセイ『老いと収納』（文庫書き下ろし　角川文庫）、二月、小説『ついに、来た?』（幻冬舎）、十一月、エッセイ『かるい生活』（朝日新聞出版）を刊行。

二〇一八年——平成30年

しい、二十歳になる。

一月、小説『婚約迷走中　パンとスープとネコ日和』（単行本書き下ろし　角川春樹事務所）、二月、エッセイ『ほどほど快適生活百科』（集英社）、六月、エッセイ『しない。』（集英社）、七月、エッセイ『咳をしても一人と一匹』（KADOKAWA）、十月、エッセイ『まあまあの日々』（角川文庫）を刊行。

二〇一九年——平成31年

一月、エッセイ『還暦着物日記』（単行本書き下ろし　文藝春秋）、小説『散歩するネコ　れんげ荘物語』（単行本書き下ろし　角川春樹事務所）、二月、エッセイ『この先には、何がある?』（幻冬舎）を刊行。

【初出・所収一覧】

I　私と猫たちの生活

猫は教科書……『またたび回覧板』新潮文庫　一九九九年一月
魔法をかける猫……『ネコの住所録』文春文庫　一九九六年二月
ぶー……『びんぼう草』新潮文庫　一九九四年二月
子ネコの因果応報……『ヒヨコの蠅叩き』文藝春秋　一九九九年八月

II　話の好きな猫

噂好きの猫……『ネコの住所録』
〝にやんにやん〟の意味……『本取り虫』ちくま文庫　一九九六年一二月
悲恋……『ネコの住所録』

III　町の猫たち

犬や猫のいる町……『またたび回覧板』
わが心の町……「別冊文藝春秋」一九九六年四月
あんちゃんのこと……「現代」二〇〇〇年七月号
天国への道のりは辛い？……『ビーの話』筑摩書房　一九九九年七月
犬猫チェック……『またたび回覧板』

IV　猫の人生

うずまき猫の行方……『ネコの住所録』
男の責任……『ネコの住所録』
百猫百様……『猫と海鞘』文春文庫　一九九八年二月
たかが猫、されどネコ……『ビーの話』
どの曲がお好き？……単行本のための書き下ろし　二〇〇一年五月
迷いネコ……「銀座百点」二〇一一年六月号
元気な老女王……「ランティエ」二〇一九年一月号

※本書は、二〇〇一年五月にランティエ業書（角川春樹事務所）として刊行された作品に「迷いネコ」「元気な老女王」を追加収録いたしました。

解説

猫たちの合唱

関川夏央《せきかわなつお》

私も以前猫を飼っていた。猫といっしょに暮らしていた。

もう遠い昔だが、私はひとりで郊外《こうがい》に住んだことがあった。東京の西の果て、ネギ畑の真ん中の借家である。大きな段ボール箱をふたつ重ねたみたいな家だった。私は家の前のあき地にオートバイを三台置いた。その頃《ころ》オートバイに凝《こ》っていたのである。

越して間もなく一匹の猫と畑の中の道で出会った。キジ猫で、まだ若い。三カ月くらいだろうか。持っていた海苔《のり》せんべいを割って、食べるか、といってやったら、ぱりぱりと食べた。歩き出すと、ついてきた。家に帰ってから、牛乳でも飲むか、というと、目を輝かせてにゃあと鳴いた。それ以来家に居《い》ついた。

東京西部の冬は寒い。私も寒かったが猫も寒かったのだろう。彼は私のふとんの中に入りこんで眠った。それが三月になるとふとんの上になり、春分を過ぎるとふとんの隅《すみ》の方に移った。私のひんぱんな寝返りが迷惑だったようだ。

ごはんは缶詰《かんづめ》のキャットフードを主としたが、海苔せんべい、正確には味のついた海苔を異常に好んだ。最初の出会いで食べたものが、よほど鮮烈な記憶として残ったものか。

彼は散歩も好きだった。夜私がゴミを捨てに行くと必ずついてきた。あとになり先になりして集積場まで行き、夜の中を見すかした。それから何がたのしいのか、ぴょんぴょん跳《は》ねた。

私はまた気が向いて引っ越すことにした。今度はコンクリートのアパートである。猫は駄目だといわれたから、猫を籠《かご》に放り込み、オートバイの尻《しり》にゆわえて二キロくらい先の池のある公園まで連れて行った。野生に帰るべし、と猫にいい聞かせ、仕方がないのだ、と自分に弁解した。猫は夜のにおいを嗅《か》ぎ、池のアヒルたちを見に行った。私はオートバイのエンジンをかけた。

だが翌日、猫は帰ってきた。体にいっぱいワラくずをつけていた。猫にも帰り道はわかるのだと感心した。私は彼を抱き上げ、わかったわかった、といった。

結局私たちはいっしょに引っ越した。

一年ほどのちに彼の姿は消えた。どこを探しても見つからない。私はとても落胆《らくたん》した。交通事故だろうと思った。しかし訪ねてきた女友達が、こんなことをいった。

「名古屋の方へ修行しに行ったのよ。見込みのある猫は、そのあたりのお寺で技《わざ》を磨《みが》くことになっているのよ。昔はみんな歩いて行ったらしいけど、最近は新幹線で行くんだとウチのおばあちゃんがいってた」

私は涙を拭《ふ》いて、わずかに憂《うれ》いを解いた。体も心も鍛えた彼が、立派な猫になって帰ってくる日を夢想した。

「忽然《こつぜん》と姿を消した猫は、みんな木曾《きそ》の御岳《おんたけ》に登って修行をしている」

と群ようこさんはこの本に書いている。

そうだ、と私は膝を打った。やっぱり「名古屋の方」なのだ。さすがは群さんだ。


昔私は群さんに猫でも飼ったら、となにげなくいったことがある。そのとき彼女は猫嫌いとはいわなかったが、飼うなんてとんでもない、と少し眉《まゆ》をひそめたのではなかったか。それが、いつの間にこれほど猫に愛着するようになったのか。そして、これほど巧みな「猫物語」を書くようになったのか。

やっぱり昔のことだが、群さんに麻雀《マージャン》を教えたのは私だ。カラオケに誘ったのも。

麻雀の場合、カモを育てたあとローストにしておいしくいただこう、というコンタンが私にはあった。カラオケには、誰も聞いてくれない自分の歌を彼女にいやというまで聞かせてやろう、という狙《ねら》いがあった。おとなしい性格の彼女ならそんな役割に甘んじてくれるだろう。

しかし見込みははずれた。頭がよい上に凝《こ》り性《しょう》の彼女は、じきに麻雀に熟達した。私は二、三度きれいに斬《き》って捨てられ、野望を捨てた。そして彼女は決して「おとなしい性格」ではなかった。気丈《きじょう》であった。そのうえ音楽の素養があって声がよい。私は自らを恥じてカラオケをやめた。世の中とは思うとおりにならないものである。

そして今度は猫だ。

猫との生活、猫との合性《あいしょう》という点ではゼッタイ先輩であったはずなのにと思い、この本には文字どおり地団駄《じだんだ》を踏んだ。

「のら猫やのら犬が、ひょこひょこと歩いている町」「特別かわいがられるでも、いじめられるでもなく、ごく普通にそこにいる」そんな町が彼女の「理想の町」だという。

この本からは「猫の猫っかわいがり」の気配はみじんも感じられない。「猫の人生」ということを考えながら、群さん独特の静かな説得力ある口調で、人に住みよい町について語っている。自分というものを押し出さず、かといって引きすぎもせず、自己客観を忘れぬ、ほどのよい視点と筆致が維持されている。こんな本をさわやかに読まされて、そうしてさわやかに感動して、同時に、もう彼女に威張《いば》るタネがないのだ、と私は淡《あわ》く悲しむのである。

私に残された望みといえば、名古屋の方のお寺か御岳さんかに修行に行った私の猫、あの味つけ海苔の好きな気のよい猫が、ある日突然戻ってきてくれることだけである。彼が旅立ってもう二十年に近いが、まだあきらめるには早すぎる。そう私は自分にいいきかせるばかりである。

二〇一九年の追記

さらに十八年、それだけの歳月の水が橋の下を流れた。

それは群ようこさんが、猫の「しもべ」としてすごした歳月でもある。群さんの「ご主人」はなかなか威厳のある老猫らしい。エリザベス一世の晩年のような。

私はあいかわらず猫とは無縁の生活を送っている。同居人が猫の毛と外出帰りの猫の足跡を嫌う人なので我慢している。この年齢《とし》で嫌われたら無残な暮らしになりそうでコワいのである。ただ「岩合光昭《いわごうみつあき》の世界ネコ歩き」を食い入るように見ては飢えを癒《いや》している。いずれにしろ「しもべ」に勝手は許されないのである。

名古屋の方のお寺だか御岳だかに修行に行ったウチの猫のことは、いまもときどき考える。家を出て四十年近いのだから、立派な猫になって帰ってくることはもうないだろう。

だが、気がよくて協調性に富んだ彼のことだから、修行先で後輩猫たちの世話係として生きて天寿をまっとうしたはずだと思い、わずかに心を慰めている。
おまえも修行に行け、まだ遅くはないぞ、とあの味つけ海苔好きの猫にささやかれている、そんな気がすることもある。

（作家）

Haruki Bunko
ハルキ文庫

む 2-11

たかが猫《ねこ》、されどネコ

著者　群《むれ》 ようこ

2019年3月18日第一刷発行

発行者　角川春樹

発行所　株式会社角川春樹事務所
〒102-0074 東京都千代田区九段南2-1-30 イタリア文化会館

電話　03(3263)5247(編集)
03(3263)5881(営業)

印刷・製本　中央精版印刷株式会社

フォーマット・デザイン　芦澤泰偉
表紙イラストレーション　門坂 流

ISBN978-4-7584-4242-8 C0195 ©2019 Yôko Mure Printed in Japan
http://www.kadokawaharuki.co.jp/[営業]
fanmail@kadokawaharuki.co.jp[編集]　ご意見・ご感想をお寄せください。